KB248458

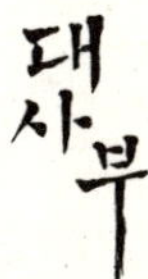

임영기 新무협 판타지 소설
FANTASTIC ORIENTAL HEROES

대사부 1

임영기 新무협 판타지 소설

초판 1쇄 찍은 날 § 2009년 12월 22일
초판 1쇄 펴낸 날 § 2009년 12월 30일

지은이 § 임영기
펴낸이 § 서경석

편집장 § 문혜영
편집 § 주소영

펴낸곳 § 도서출판 청어람
등록번호 § 제1081-1-89호
등록일자 § 1999. 5. 31
어람번호 § 제2-1859호

주소 § 경기도 부천시 원미구 심곡2동 163-2 서경B/D 3F (우) 420-822
전화 § 032-656-4452 팩스 § 032-656-4453
http://www.chungeoram.com
E-mail § eoram99@chollian.net

ⓒ 임영기, 2009

ISBN 978-89-251-2032-4 04810
ISBN 978-89-251-2031-7 (세트)

대사부

大邪夫

FANTASTIC ORIENTAL HEROES

임영기 新무협 판타지 소설

①

풍운아(風雲兒)

目次

頭言　　　　　　　　　　　　　　　　　　　　　　　　　6

제1장　나무에 매달린 미녀　　　　　　　　　　　　　11

제2장　내 이름은 기개세(氣蓋世)　　　　　　　　　　35

제3장　단혼애(斷魂厓)　　　　　　　　　　　　　　　63

제4장　나는 죽지 않는다　　　　　　　　　　　　　　89

제5장　천검신문(天劍神門) 구대문주(九代門主)　　115

제6장　다시 세상으로　　　　　　　　　　　　　　　147

제7장　조부(祖父)의 죽음　　　　　　　　　　　　　179

제8장　무식한 아버지　　　　　　　　　　　　　　　209

제9장　둘 다 틀렸어. 이건 구렁이야　　　　　　　　231

제10장　피로 쓴 사랑[戀]　　　　　　　　　　　　　261

제11장　불알과 젖퉁이　　　　　　　　　　　　　　287

의암호(衣岩湖) 변의 드넓은 대지 위에 천하각지의 고수들이 대거 모여들었다.

일 년에 한 번 열리는 천하에서 가장 큰 무림대회에 참가하는 고수들이다.

이름만 대면 알 만한 절정고수들과 은거기인들, 일류고수들, 그리고 멀리 변방과 해외에서까지 날고 기는 실력자들이 구름처럼 운집했다.

그 수는 무려 이만 이천여 명. 그들 모두 이날의 무림대회를 위해서 지난 일 년 동안 피나는 수련을 해왔다.

그들 속에 나 임영기도 섞여 있다.

마침내 무림대회가 시작되고, 이만 이천여 명은 그동안 갈고닦은 기량을 마음껏 발휘했다.

그러나 대회가 시작되자마자 탈락자가 무더기로 속출했다. 부상으로 쓰러지고, 기력이 다해서 주저앉고, 너무 강한 상대를 만나 무너져 내렸으며, 정신력이 강하지 못하여 패배의 쓴잔을 마셨다.

그리고 마침내 무림대회가 끝났을 때, 탈락자는 만천여 명에 달했다. 절반이 탈락한 것이다.

결과는 예상했던 대로였다. 옛날 중원의 영광을 되찾자고 부르
짖었던 천하의 내로라하는 고수들이 부진했으며, 작년과 마찬가
지로 이번 해도 역시 변방과 해외의 고수들이 약진, 무림대회의
모든 상을 독차지했다.

그래도 무림대회에 참가한 대부분의 고수들은 끝까지 살아남
았다는 안도와 중도에 탈락한 아쉬움을, 그래도 천하에서 가장 큰
무림대회에 참가했다는 영광으로 승화시켰다.

이 무림대회는 천하삼대무림대회 중 하나이며 '가을의 전설' 이
라고도 불린다.

사실 위의 이야기는 올해 10월 25일에 열렸던 '제63회 춘천국
제마라톤' 을 무림대회로 풀어본 것이다.

나는 마라톤 마니아다. 거의 매일 강변을 15㎞~20㎞씩 달리며
훈련을 한다. 큰 대회를 앞두게 되면 거리가 30~40㎞로 늘어난다.

그렇게 훈련하는 이유는, 매년 열리는 천하삼대무림대회, 즉 춘
천조선마라톤과 서울중앙마라톤, 서울동아마라톤, 그리고 그 밖
의 대회에서 좋은 성적을 내거나 탈락하지 않고 끝까지 기분 좋게
완주하기 위함이다.

내가 보기에 마라톤의 세계는 무림계와 너무도 닮았다.

평소에 달리기 훈련을 게을리하면 대회에서 결코 좋은 성적을 내지 못한다. 그것은 무술 수련을 게을리하면 무림에서 이름을 날리지 못하고 낭패를 당하는 무림계와 흡사하다.

일 년에 전국 곳곳에서 사오백 회 이상 개최되는 무수한 마라톤 대회에는 전국의 내로라하는 달림이들이 수천 명씩 참가하는데, 나는 반드시 한 달에 한 번 이상 대회에 출사표를 던지고 전국을 누비고 다닌다.

풀코스 42.195km를 세 시간 내에 완주하는 달림이들은 수백만 달림이들의 꿈인 '명예의 전당'에 이름을 올리며, 서브3를 달성했다고 수많은 사람들로부터 축하를 받는다.

국내에는 그런 최고의 달림이들이 불과 수십 명 정도밖에 없으며 그것은 무림의 절정고수와 비교할 수 있다.

그들은 전국 각지에 고르게 분포하고 있다. 서울, 부산의 아무개, 포항, 울산, 광주의 누구누구, 하면 수백만 달림이들은 그들이 누군지 단번에 안다. 또한 그들이 엮어낸 수많은 전설이나 신화는 인구에 회자되고 있다.

서브3 절정고수 대열에는 여자들도 십여 명 속해 있다. 그녀들은 무림계의 쟁쟁한 절세미녀와 여고수들이 그렇듯이, 전국 마라톤대회에서도 단연 꽃 중의 꽃으로 군림한다.

그녀들에겐 예명, 즉 별호도 붙여지고 많은 팬을 확보하고 있다. 훤칠한 키에 늘씬한 몸매, 긴 말총머리를 휘날리면서 달리는 슈퍼스타 '부산의 야생마'. 작고 다부지며 검고 예쁜 얼굴의 '울산의 작은 철인'. 미스코리아 뺨치는 미모의 '대구미녀'. 달리는 천사 '서울의 미스코리아' 등이 그렇다.

서브3 뒤가 네 시간 이내에 완주하는 서브4이고, 이들은 수만 명에 이르며, 무림의 일류고수라고 할 수 있다.

그다음이 5시간 이내의 완주자인 서브5. 이류고수에 해당하고, 그 수는 수십만 명이며 무림의 중추적인 허리 역할을 담당하고 있다.

그다음은 서브6. 삼류이며 하류무사 수준이다. 완주에 일곱 시간 이상 걸리는 달림이들도 많다. 기록에 도전하는 소수를 제외하곤, 대부분의 달림이들은 단지 달리는 즐거움 때문에 마라톤을 한다. 즉, 펀런(funrun)이다.

대회에 참가하여 달렸다 하면 서브3를 하는 절정고수들 중에서도 2시간 30분~2시간 40분대에 주파하는 초절고수는 전국에서 불과 열 손가락 안에 꼽을 정도로 극소수다.

그들은 자신의 명예를 걸고 전국 메이저대회에 참가하며 분초를 다투고 대회의 우승과 상금을 싹쓸이한다.

또한 많은 대회로부터 참가해 달라고 초청을 받는다. 초절고수들이 참가하는 대회는 언제나 성공이 보장된다.

풀코스 42.195km를 달리는 도중에는 많은 일들이 벌어진다.

추월당하지 않으려고, 그리고 앞서 달리는 사람을 추월하려고, 아니면 속도가 느려지지 않으려고, 쓰러지지 않으려고 발버둥을 친다.

나는 대회에 나가서 달릴 때마다 나 자신과 외로운 싸움을 하며 생각한다.

어떻게 하면 내가 쓰는 작품의 주인공을 제대로 훈련시키고 또 무림대회에 내보내서 좋은 성적을 거둘 수 있을 것인가를 말이다.

대마종과 대무신을 집필하는 동안 끝없는 담금질을 하면서 기어코 또 한 명의 새로운 주인공을 탄생시켰다.

천하에 나가서 무림대회를 휩쓸라는 나의 염원이 담긴 '기개세(氣蓋世)'라는 녀석이 주인공이다.

대마종과 대무신에서 갈고닦은 훈련 방식으로 녀석을 빡세게 훈련시키기는 했는데, 막상 무림에 내보내는 마음은 여느 때와 다름없이 조심스럽다.

이번 작품 '대사부'의 주인공인 기개세가 '강호(江湖)'라 불리는 무림대회에서 42.195㎞를 좋은 성적으로 완주하기를, 한겨울 강변의 매서운 칼바람을 맞으면서 달리며 간절히 염원해 본다.

2009년 12월 소백산(小白山) 자락에서.

第一章
나무에 매달린 미녀

대사부

안휘성(安徽省) 구화산(九華山).

"잘못했다고 빌어라."

깊은 산중에서 한 남자의 낭랑하면서도 명령조의 목소리가 들렸다.

여자는 입술을 피가 나도록 깨물면서 남자를 노려보지만 그의 요구대로 잘못했다고 빌지는 않았다.

"빌면 용서해 주마."

작고 납작한 바위에 다리를 꼬고 앉아서 발끝을 까딱거리며 남자가 다시 말했다.

그의 앞에는 한 명의 여자, 아니, 소녀가 무릎을 꿇고 있었다. 십육칠 세 정도의 나이인데 눈이 번쩍 뜨일 만큼 빼어난 미모를 지녔다.

어린 나이지만 무림인처럼 홍의 경장을 입었으며 오른쪽 어깨에는 한 자루 장검까지 메고 있었다. 그로 미루어 홍의소녀는 무가(武家)의 자손인 듯했다.

낮은 바위에 앉아 있는 남자 역시 홍의소녀와 같은 또래로 보이는 소년이었다.

그렇지만 그는 어깨를 다 드러낸 검은 동의(胴衣:소매 없는 옷)에 무릎 위까지 오는 짧고 검은 반바지를 입고 긴 머리카락은 뒤에서 질끈 묶은 모습으로 무가하고는 거리가 먼, 조금은 불량스러운 옷차림이다.

불량스러운 것은 그의 옷차림만이 아니다.

왼손 손바닥에 수북이 얹혀 있는 산머루를 하나씩 입에 넣고 툭 터뜨려서 깨물어 먹는 바람에 손과 입 주위가 온통 검붉게 물든 지저분한 모습이었으나 그는 조금도 개의치 않고 부지런히 산머루를 입에 집어넣었다.

또한 입가에는 잔뜩 장난기 어린 미소를 머금고 발끝을 까딱거리면서 자신의 발 앞에 무릎을 꿇고 있는 홍의소녀를 굽어보며 고양이가 쥐를 놀리는 듯한 표정을 짓고 있었다.

"셋을 셀 동안에 빌지 않으면 더 이상 기회는 없다."

그러자 홍의소녀가 두 눈에 가득 독기를 품고 소년을 쏘아보며 이를 갈았다.

“빠드득! 너야말로 셋 셀 동안 내 혈도를 풀지 않으면 명년 오늘이 네놈의 제삿날이 될 것이다!”

“하나.”

소년은 어느 집 개가 짖느냐는 듯 산머루를 하나 입에 쏙 넣으며 새카만 입으로 수를 세기 시작했다.

“교활한 놈! 비열하게 미혼약으로 날 혼절시키다니… 네놈이 오늘 나를 죽이지 않는다면 반드시 이 빚을 백 배 천 배로 갚아주겠다!”

홍의소녀는 용서를 빌기는커녕 흑백이 또렷한 커다란 두 눈에서 와르르 살기를 쏟아냈다.

“둘.”

소년은 서글서글한 눈에 장난기를 가득 담고 우뚝한 코를 찡긋찡긋하면서 또 하나의 산머루를 입에 넣었다.

홍의소녀는 소년이나 그런 부류의 인간들을 발가락 사이에 낀 때보다도 못한 존재로 여기는 대쪽 같은 성격과 굴강한 의협심을 지니고 있었다.

더구나 그녀는 정파의 내로라하는 명문 무가의 무남독녀로서 철이 들기 전부터 집안의 어른들로부터 약자를 돕고 사마(邪魔)를 응징하라는 철저한 교육을 받으며 자랐다.

그런 그녀의 입장에서 소년의 협박에 굴복하는 것은 가문의 명예에 먹칠을 하는 짓이었다.

“열흘 전에 네놈이 약자를 괴롭히는 것을 혼냈다고 이런

비열한 방법으로 복수를 하다니, 그러고도 네놈이 사내라고
할 수 있느냐?"

"셋."

소년은 손바닥에 남은 산머루를 한입에 털어 넣고 나서 볼
멘소리로 셋을 세며 일어섰다.

덥석!

"악! 아파……."

소년이 갑자기 홍의소녀의 머리카락을 한 손으로 움켜잡
고 위로 잡아당기자 그녀는 비명을 지르면서 끌려 일어섰다.

홍의소녀를 일으켜 세운 소년은 이어서 다짜고짜 그녀의
상의 앞섶 옷고름을 풀었다.

"너… 무, 무슨 짓이냐?"

소년이 옷고름을 풀자마자 상의를 벗기고 있는 것을 보면
서 홍의소녀는 커다란 눈을 더 크게 뜨고 혼비백산했다.

"이, 이놈! 당장 그만두지 못하겠느냐?"

홍의소녀의 상의가 벗겨지자 백옥처럼 희고 잡티 한 점 없
이 뽀얀 상체가 고스란히 드러났다.

"첫째, 나는 백 살까지 장수할 관상이라서 내 제삿날은 지
금으로부터 팔십사 년 후가 될 것이다."

소년은 히죽거리면서 품속에서 하나의 희고 예리한 단검
을 꺼내 홍의소녀에게 내밀었다.

"너……."

상체가 벌거벗겨져서 수치심에 치를 떨던 홍의소녀는 소년이 새파랗게 날이 선 단검의 검첨을 자신의 가슴으로 찌르듯이 갖다 대자 소스라치게 놀랐다.

소년은 뾰족한 검첨을 홍의소녀의 젖 가리개 한복판 바로 아래에 살짝 갖다 댔다.

그러자 홍의소녀의 안색이 새하얗게 질렸다. 그녀는 설마 소년이 이렇게 나올 줄은 예상하지 못한 듯했다.

"나를… 죽이려는 것이냐?"

소년은 검첨을 위로 슬쩍 긋듯이 들어 올렸다.

툭.

젖 가리개 한가운데를 연결한 끈이 맥없이 끊어지며 바닥에 떨어졌다.

"아악!"

출렁 하면서 잘 익은 복숭아 같은 한 쌍의 젖가슴이 작게 파도를 쳤다.

"이… 짐승 같은 놈……."

홍의소녀는 얼굴이 새하얗게 질려서 몸을 파들파들 떨었다.

"둘째, 열흘 전에 내가 괴롭혔다는 놈은 강도였고, 네가 끼어들어 다짜고짜 나와 친구들을 두들겨 패는 바람에 그놈을 놓치고 말았다. 그 바람에 훔친 돈을 찾지 못해서 홍화루(紅花樓) 주인 부부와 세 아이는 거리로 나앉았다."

“…….”

젖가슴이 드러난 수치심과 어쩌면 자신이 소년을 오해한 것일지도 모른다는 자책감이 합쳐져서 홍의소녀의 표정은 복잡하기 짝이 없었다.

찰싹! 찰싹!

“셋째, 네년들 세계에서는 미혼약이 비열한 수법인지 몰라도 내가 노는 곳에서는 지독히도 정당한 수법이다. 그리고 나는 원래 교활한 놈이고 내가 사는 곳에서는 그 말이 대단한 칭찬으로 통한다. 그러니까 너는 방금 나를 칭찬한 것이다.”

소년은 단검의 검신 넓은 면으로 홍의소녀의 젖가슴을 소리 나게 두드리며 훈계를 했다.

아직 나이가 어려서 풍만하지는 않지만 그렇다고 작지도 않은 아담한 젖가슴과 버찌 같은 유두를 검신이 두드리자 금세 발갛게 자국이 생겼다.

그때 소년은 단검을 아래로 향했고, 즉시 홍의소녀의 바지 옷고름을 끊어버렸다.

툭.

“이…이놈! 그, 그만둬라!”

바지가 무릎 아래로 흘러내리자 홍의소녀는 너무도 지독한 수치심 때문에 소년을 오해했을지도 모른다는, 그래서 조금쯤 미안해지려고 했던 마음이 깡그리 사라져 버렸다.

혈도가 제압되지 않았다면 그녀는 단 일 초식 만에 소년을 제압하거나 죽일 수 있는 실력의 소유자다.

그녀는 한 시진 전에 청양현(靑陽縣) 거리를 걸어가고 있었는데, 마음씨 좋아 보이는 노파가 그녀에게 시원한 물 한 그릇을 권했다.

때는 무더운 한여름이라 그렇지 않아도 속이 답답했던 그녀는 고마운 마음에 추호의 의심도 없이 물을 받아 마셨다.

그것이 실수였다. 그 물에는 미혼약이 들어 있었고, 소년이 각전(角錢) 두어 푼으로 노파를 매수했던 것이다.

직후 소년은 혼절한 홍의소녀를 들쳐 메고 이곳 구화산 깊은 산중으로 들어와 지금 이 지경에 이르렀다.

홍의소녀는 소년이 누군지 모른다. 그에 대해서 아는 것은 극히 일부분이고, 그마저도 혼절에서 깨어난 이후에 알게 된 몇 가지 사실뿐이다.

열흘 전에 당한 일을 복수하려고 열흘 동안이나 홍의소녀를 뒤쫓으면서 호시탐탐 기회를 노렸을 정도로 복수심과 집념이 강하다는 것.

목적을 위해서라면 수단과 방법을 가리지 않는다는 것.

절대로 명문가의 자손은 아닐 것이라는 추측 정도다.

잠깐 사이에 홍의소녀는 태어날 때의 모습, 즉 실오라기 한 올 걸치지 않은 전라의 몸이 되었다.

혈도가 제압되어 손가락 하나 까딱할 수 없는 상태라서 어떻게 해볼 도리가 없다.

　그녀는 자신의 알몸을 목욕할 때 시중드는 하녀에게만 보여주었을 뿐이다.

　그런데 난생처음 사내 앞에서, 그것도 갈아 마셔도 시원치 않은 교활한 놈에 의해 발가벗겨졌으니 지금 그녀의 심정이 어떨지 짐작할 수 있을 터이다.

　"야! 이놈아! 어, 어서 옷을 입히지 못하겠느냐? 아, 아니, 당장 혈도를 풀어라!"

　그녀는 거의 정신을 잃을 정도로 분노하여 입에서 거품을 물며 바락바락 악을 썼다.

　너무나 수치스러워서 혀를 깨물고 죽고 싶은 마음이었으나 그 와중에도 자결을 하면 소년에게 복수를 하지 못할 것이라는 생각이 들었다.

　홍의소녀의 심정 따위는 아랑곳하지 않고 소년은 태연하게 그녀의 두 팔을 머리 위로 가지런히 올려 모아서 손목을 미리 준비해 온 밧줄로 묶었다.

　이어서 바로 뒤쪽의 나무 위로 기어올라 지상에서 여덟 자 정도 높이의 나뭇가지에 밧줄을 묶었다.

　소년이 나무에 오르고 또 뛰어내릴 동안 홍의소녀는 쉬지 않고 목이 쉴 정도로 악을 써댔다.

　"이놈아! 지금 당장 혈도를 풀지 않으면 귀신이 되어 지옥까지라도 따라가서 네놈의 심장을 먹어버리겠다!"

　세상에는 남을 저주하는 욕이 무척 많지만 홍의소녀는 그런 말을 들어본 적도 없어서 자신이 알고 있는 최대한의 저주를 퍼부어댔다.

"못된 계집애야, 이 지경이 돼서도 아직 정신을 차리지 못하겠느냐?"

뚝!

그때 소년은 낭창낭창 휘어지는 가느다란 나뭇가지 하나를 꺾어 회초리를 만들었다.

홍의소녀는 소년이 회초리로 허공을 휙! 휙! 하고 휘두르는 날카로운 소리에 움찔 몸이 오그라드는 공포를 느꼈다. 소년이 회초리로 무엇을 하려는 것인지 직감한 것이다.

평소라면 무공으로 단련된 그녀의 몸에 저까짓 회초리 따위로는 흠집조차 내지 못한다.

하지만 지금은 혈도가 제압됐으니 회초리로 맞으면 보통 사람과 다름없는 고통을 느낄 것이다.

그보다 더한 것은, 치부를 다 드러낸 채 벌거벗은 몸으로 대롱대롱 매달려 있는 것도 수치스러워서 죽고 싶을 지경인데 거기에 매까지 맞아야 하다니, 그 모멸감을 견딜 수 없을 것 같다는 사실이다.

"그만 해! 자… 잘못했어. 용서해 줘……."

결국 홍의소녀는 소년이 회초리를 허공에 휘두르면서 어슬렁거리며 가까이 다가오자 항복을 하고 말았다.

이 지경에 이르면 평소 그토록 자랑스럽게 여기던 명문가의 자존심도 명예도 아무 소용이 없다. 오히려 홍의소녀는 보통 사람보다 더 오래 견딘 경향이 있다.

"뭐라고? 잘 안 들린다."

소년은 회초리 끝으로 홍의소녀의 젖가슴을 쿡쿡 찌르며 손바닥을 펴서 귀에 갖다 댔다.

홍의소녀는 필사적인 인내심으로 자신을 위로하며 용서를 구했다.

"잘못했다. 용서해라."

"잘못했다? 용서해라? 지금 내가 구걸받는 거냐?"

소년이 이죽거리자 홍의소녀의 큰 두 눈에 치욕의 눈물이 고였다.

"잘못했어요. 용서해 주세요."

"흠."

소년은 팔짱을 끼고 고개를 끄덕였다.

그런 모습은 홍의소녀로 하여금 곧 용서를 받을 것 같은 착각이 들게 만들었다.

"쯧쯧… 하지만 너무 늦었다. 빌라고 할 때 빌었어야지."

"……."

소년이 회초리 끝을 살랑살랑 흔들며 말하자 홍의소녀의 얼굴이 새하얗게 질렸다.

그녀는 소년의 입꼬리가 말려 올라간 것을 보고 뭔가 느끼는 것이 있었다.

"그럼… 빌라고 할 때 빌었으면 나를 놔주었겠느냐?"

"내가 등신이냐? 네년을 얼마나 어렵게 잡았는데 그리 쉽게 놔준단 말이냐?"

"이… 나쁜 놈."

홍의소녀는 얼굴에 새파랗게 독기가 올라 바르르 떨었다.

"클클클! 그래, 나는 나쁜 놈이다."

소년은 히죽히죽 웃으면서 갑자기 세차게 회초리를 휘둘렀다.

휘익!

짜악!

"악!"

가느다란 회초리가 가슴에 휘어 감기듯 작렬하자 홍의소녀는 찢어지는 비명 소리를 터뜨렸다.

그녀의 백옥처럼 뽀얀 젖가슴에는 가늘고 새빨간 회초리 자국이 선명하게 새겨졌다.

고통은 그녀가 예상했던 것보다 더 지독했다. 아마도 공포와 수치심이 가미되었기 때문일 것이다.

쌔액!

"남의 일에 오지랖 넓게 끼어들면 이 꼴이 된다는 사실을 명심해라, 계집애야."

짝!

"아악!"

사람이란 신체의 어떤 부위에 충격이 가해지면 순간적으로 몸을 뒤틀거나 움츠리는 동작을 취해서 고통을 최소화시키려는 반사적인 행동을 한다.

물론 그런 행동이 충격과 고통을 완화시키지는 못하겠지만 당하는 사람의 입장에서는 그렇게 해서라도 정신적인 위안이나마 얻으려는 작은 몸부림인 것이다.

그러나 꼼짝도 하지 못하는 홍의소녀로선 그저 통나무처럼 뻣뻣한 상태에서 매를 맞느라 아무런 행동도 취하지 못하므로 고통은 배가되었다.

찰싹! 짜악! 착!

"꺄악!"

회초리는 동그랗고 예쁜 궁둥이와 잘록한 허리, 약간 여윈 듯 늘씬하고 티 한 점 없이 뽀얀 등과 어깨, 탐스러운 가슴 등을 가차없이 두들겨댔다.

대부분의 고통이 거개가 다 그렇듯이 최초의 것이 가장 고통스럽고, 그다음 회가 거듭될수록 차츰 둔화되게 마련이다. 매의 강도가 낮아지는 것이 아니라, 몸이 고통에 무디어지기 때문이다.

회초리질이 계속되는 동안에 홍의소녀의 비명 소리는 점차 잦아들고 대신 증오와 저주가 그녀의 입에서 쏟아져 나왔다.

"죽여라, 이놈! 지금 날 죽여야 할 것이다! 그러지 못하면

내 남은 생애의 목표를 네놈을 잡아 갈아 마시는 것으로 정하 겠다!'

그런데 한 가지 특이한 사실이 있다.

천하에 드문 설부화용(雪膚花容)의 뛰어난 미모와 몸매를 지닌 홍의소녀를 납치하여 알몸을 보면서도 소년이 그녀를 육체적으로 겁탈하거나 능욕하지 않는다는 사실이다.

소년은 단지 복수에 전념하고 있을 뿐이었다.

어쨌든 이후 회초리 소리와 홍의소녀의 저주를 퍼붓는 소 리는 일각 동안이나 더 이어지다가 그쳤다.

휘익~ 휙—

소년은 기분 좋게 초적(草笛:풀잎피리)을 불면서 오솔길을 내려갔다.

그는 초적을 멋들어지게 아주 잘 불었다. 또한 지금 그의 기분이 몹시 좋은 데 반해서 초적 소리는 매우 구슬펐다.

끊어질 듯 끊어질 듯하면서 이어지는, 애간장을 녹이는 듯 한 음률이다.

정해져 있는 음률이 아니라 소년이 그때그때 기분에 따라 서 부는 것이다.

"후후, 속이 후련해졌어."

소년은 초적 불기를 멈추고 득의하게 웃으면서 나직이 중 얼거렸다.

"클클… 감히 나 기개세(氣蓋世)를 건드리다니, 대가리에 똥만 든 계집년이로군."

그는 다시 초적을 불면서 가파른 비탈길을 휘적휘적 걸어 내려갔다.

기개와 기세가 세상을 뒤덮는다는 뜻의 '기개세'가 바로 소년의 이름이다.

별명 같지만 그렇지 않다. 그의 부친이 심혈을 기울여 고심 끝에 지어주었다.

문득 그는 다시 초적 불기를 멈추고는 멀리 파란 하늘을 쳐다보았다.

"그나저나 집에 가면 노친네가 잡아먹으려고 난리깨나 부리겠군."

홍의소녀에게 복수할 기회를 노리느라 집이 있는 무창(武昌)에서 이곳까지 무려 삼백여 리나 멀리 온 것이다.

물론 가족이나 친구들에게는 한마디 말도 하지 않았다. 그는 그렇게 친절한 사람이 아니다.

언제 어디라도 마음 내키면 훌쩍 떠나고 무슨 일이라도 거침없이 저지른다.

소년은 입으로는 노친네 운운하면서도 표정은 추호도 걱정하는 기색이 아니다.

그는 다시 초적을 불며 걸음을 재촉했다.

구화산은 안휘성 남쪽에 위치해 있으며 예로부터 험준하고 울창하기로 소문난 곳이다.

기개세는 홍의소녀를 죽일 생각은 처음부터 없었다. 그는 지금까지 한 번도 살인을 저지른 적이 없다.

그는 단지 홍의소녀가 오늘 일을 죽을 때까지 잊지 못하도록 눈물이 쏙 빠지게 골탕을 먹일 계획이었다. 그 정도면 복수로써 충분하다고 생각했다.

그래서 일부러 험하기로 이름난 구화산을 골랐고, 될 수 있는 한 깊은 산속으로 그녀를 끌고 들어갔던 것이다.

그런데 그가 비탈을 거의 다 내려갔을 즈음에 앞쪽에서 두 명의 장한이 나는 듯이 달려오는 것을 발견했다.

두 명 다 남의 경장을 입었으며 어깨에는 장검을 멘 모습인데, 경쾌한 경공을 전개하고 있는 것으로 미루어 무림인이 분명했다.

깊은 산중에서 사람을, 더구나 무림인을 만나면 겁이 날 법도 한데 기개세는 추호도 그런 기색 없이 건들거리면서 마주 걸어갔다.

두 명의 장한은 곧장 달려와 기개세 앞에 멈추고는 다급한 표정으로 물었다.

"소형제, 혹시 이 산중에서 홍의 경장을 입은 소녀를 본 적이 없나?"

"혹시 어떤 준수한 소년이 어깨에 메고 있는 홍의소녀를 말하는 거야?"

두 장한은 홍의소녀가 소문주로 있는 문파의 문하 제자들이었다.

소문주가 문파로 돌아온다는 소식을 듣고 마중을 나왔다가 그녀가 누군가에게 납치되어 산으로 끌려갔다는 어느 목격자의 급보를 접하고 급히 뒤쫓아온 것이다.

그런데 기개세는 넉살 좋게도 자신을 '준수한 소년'이라고 금칠을 했다.

또한 두 장한이 찾는 소녀가 자신이 발가벗겨서 나무에 매달아놓고 매질까지 한 홍의소녀라는 사실을 뻔히 알면서도 천연덕스럽게 능청을 떨었다.

뿐인가. 삼십대로 보이는 두 장한에게 거침없이 반말까지 해댔다.

그러나 두 장한의 귀에는 기개세가 홍의소녀를 봤다는 말만 들어올 뿐이다.

"그래, 그 두 사람이 어디로 갔는지 봤는가?"

"아까 저쪽으로 갔어."

게다가 기개세는 홍의소녀를 매달아놓은 곳하고는 전혀 반대 방향을 가리키면서 다시 한 번 심술을 부렸다. 그리고 그것으로도 모자라서 짐짓 걱정스러운 표정을 지으며 빨리 가보라고 손을 저었다.

"그 준수한 소년이 홍의소녀를 강간이라도 할 것 같은 기세던데, 어서 가봐."

"그, 그런가?"

"고맙네, 소형제."

강간이라는 말에 두 장한은 앞뒤 생각할 것도 없다는 듯 기개세가 가리킨 방향으로 쏜살같이 달려갔다.

"꼭 찾기를 바라!"

기개세는 두 장한에게 정답게 손까지 흔들어주고는 다시 가던 길을 가기 시작했다.

반 각쯤 지났을 때, 달려가던 두 장한 중 한 명이 급히 신형을 멈추었다.

"가만, 조금 전의 그 소년!"

그는 놀란 얼굴로 동료에게 소리쳤다.

"조금 전의 그 소년 말이야. 검은 동의에 반바지를 입고 있지 않았나?"

"그랬던 것 같군. 그런데 그게 왜… 아!"

따라서 멈춘 다른 장한이 생각하는 표정으로 고개를 끄덕이다가 탄성을 터뜨렸다.

그러자 처음에 신형을 멈추었던 장한의 얼굴이 보기 싫게 일그러졌다.

"이런, 그 녀석이 소문주를 납치했다는 그놈이야!"

"그래! 바로 그놈이었어!"

순간 두 장한은 되돌아서 왔던 방향으로 다시 전력을 다해 쏘아갔다.

"빌어먹을… 너무 깊이 들어왔더니 내려가는 일이 생고생이로군."

기개세는 가도 가도 산 아래가 나타나지 않자 얕은 인내심이 바닥을 보이기 시작했다.

구화산에 들어올 때에는 홍의소녀를 골탕 먹일 생각에 되도록 깊이 산속으로 들어갔었는데 지금은 외려 그것 때문에 애를 먹고 있다.

그때 갑자기 어디선가 산중을 떨어 울리는 쩌렁쩌렁한 외침이 들려왔다.

"벽검문(碧劍門) 제자들은 들어라! 검은 동의에 검은 반바지를 입은 소년이 소문주를 납치한 놈이다! 산 아래로 내려가고 있는 중이니 포위해서 제압하라!"

기개세는 그 목소리가 얼마 전에 자신에게 길을 물은 두 장한 중 한 명의 것이라는 사실을 즉각 깨달았다.

깨달음은 그것만이 아니다.

그들이 홍의소녀를 납치한 소년이 기개세라는 것을 뒤늦게 알아차렸다는 것.

그리고 이 산에 홍의소녀를 찾는 사람이 그들 두 명뿐이 아니라는 사실도 깨달았다.

그리고 또 하나.

"그 계집애가 벽검문의 소문주라고?"

홍의소녀가 안휘성의 패자(覇者)인 벽검문의 소문주라는 사실까지 알게 되었다.

그런데 가장 중요한 사실을 기개세는 가장 늦게 깨달았다. 방금 전의 외침이 뒤쪽 아주 가까운 곳에서 들려왔다는 사실이다.

"이런 우라질."

그는 욕을 내뱉으며 달리기 시작했다. 중이 불경을 외우듯 그에게는 욕이 불경이다.

그러나 그것은 그의 잘못이 아니다. 태어나서 지금껏 그런 환경에서 자랐기 때문이다.

그때부터 그는 두 다리가 보이지 않을 정도로 정신없이 달리기 시작했다.

붙잡히면 죽는다는 생각보다는, 자신이 저지른 것보다 열 배 백 배로 홍의소녀에게 앙갚음을 당할 것이라는 사실이 견딜 수 없었기 때문이다.

죽는 것이나 고통은 두렵지 않다. 그러나 계집애에게 치욕을 당하는 것은 절대 참을 수 없다. 그는 그런 모난 성격의 소유자다.

'이런 병신!'

순간 그는 아주 중요한 사실을 뒤늦게 깨닫고 자신에게 욕을 퍼부었다. 그가 욕을 하는 대상은 부모를 빼고 천하의 모든 사람들이다.

그가 방금 깨달은 사실은 벽검문 문하 제자들에게 붙잡히지 않으려면 도망치는 것보다 몸을 숨겨야 한다는 것이었다.

그는 무공을 배우긴 했으나 그저 하오문이나 건달들을 때려잡을 정도이지 상대가 무림인이라면 바로 꽁지를 내려야 하는 수준이다.

그가 자신에게 욕을 퍼부은 것과 무성한 풀숲으로 몸을 던진 것은 같은 순간이었다.

다행히 한여름의 풀은 허벅지 높이까지 무성하게 자라 있어서 바닥에 엎드린 그의 모습을 완전히 가려주었다.

그는 그 자세에서 꼼짝도 하지 않고 귀를 쫑긋거렸다.

아무 소리도 들리지 않는다. 새가 우는 소리도, 벌레 소리도 멈추었다. 단지 미풍에 풀잎과 나뭇잎이 스치는 소리만 스삭거릴 뿐이다.

기개세의 내공 수위는 고작 삼십 년 남짓이다.

또한 일신에 지니고 있는 무공 초식이라고 해봐야 일 초식의 권각술과 보법 하나씩뿐이다.

그리고는 몇 가지의 잡기(雜技)와 사술(邪術) 따위를 알고 있는 것이 전부다.

사람이 무공을 배울 때에는 어떤 뚜렷한 목적을 갖고 있는 것이 일반적이다.

그저 심심해서 시간이나 떼우며 소일하려고 무공을 배우

는 사람은 거의 없다.

그런 사람은 구태여 무공 수련처럼 힘든 방법을 택하지 않아도 재미있고 유익한 소일거리가 무궁무진하다.

가난한 사람은 부자가 되려고, 약한 사람은 강해지기 위해서, 의협심이 투철한 사람은 정의를 위해서, 여자를 좋아하는 자는 여자에게 잘 보이거나 힘으로 굴복시키려고, 남의 것을 강탈하기 위해서 등등 무공을 배우려는 이유와 목적은 갖가지다.

그러나 기개세는 그런 목적이 없다. 이유는 간단하다. 모든 것을 다 갖고 있기 때문이다.

그의 집안은 무창성, 아니, 호북성(湖北省) 전체에서 제일 부자다. 또한 그의 집안은 많은 수하들과 막강한 세력을 지니고 있다.

그리고 그는 정의감이나 의협심 따윈 아예 갖고 있지도 않으며, 여자를 좋아하지도 않고, 원하는 것이라면 물건이든 사람이든 손에 넣을 수 있기 때문에 남의 것을 강탈할 이유가 없다.

말하자면 그에겐 무공이라는 것이 하등 필요하지 않다. 그러니까 고생해서 무공을 배울 이유가 없는 것이다.

그렇지만 그는 무창성의 하오문이나 건달들을 똘마니로 거느리기 위해서 최소한의 무공이 필요했다.

그래서 일 초식의 권각술과 보법을 배웠고, 그때그때 필요에 의해서 몇 가지 잡술과 사술을 익힌 것이 전부다.

기개세가 만약 아버지의 바람대로 어렸을 때부터 무공을 제대로 배웠다면 지금쯤 아마 홍의소녀 정도는 삼 초식 안에 제압할 수 있는 일류고수가 되었을 것이다.

그랬다면 지금과 같은 위기의 상황에서도 쉽게 대처할 수 있었을 터이다.

아니, 아예 오늘 같은 일은 일어나지도 않았을 것이다. 그의 운명 자체가 변했을 테니까 말이다.

하지만 중요한 것은, 이런 상황에 처하고서도 그는 자신이 무공을 배우지 않은 것에 대해서 추호도 후회하지 않고 있다는 사실이었다.

그는 잔머리, 즉 꼼수의 대가다. 그것은 무창성의 모든 사람이 혀를 내두르면서 인정하는 바다.

그러므로 그는 '힘은 결코 머리를 이기지 못한다' 라는 지론을 갖고 있으며 그것을 신봉하고 있다.

지금도 그는 잔머리를 굴려서 이 위기를 벗어날 수 있다고 굳게 믿고 있었다.

第二章
내 이름은 기개세(氣蓋世)

일체 호흡을 하지 않는 귀식대법(龜息大法)을 전개하고 있
는 기개세는 주위에서 아무런 기척도 들리지 않자 한쪽 방향
으로 기어서 조금씩 이동하기 시작했다.

귀식대법은 그가 배운 몇 되지 않는 잡술 중 하나다.

'킬킬… 멍청한 네놈들이 날 잡아? 백날 뒤져 봐야 헛물만
켤 것이다.'

기어가면서 그는 키득거렸다. 그에겐 모든 것이 장난이고
재밌거리다. 그가 무언가에 진지했던 일은 기억에도 가물가
물할 정도다.

그는 풀숲 바닥에 엎드리기 전에 향하던 방향으로 부지런

히 기어갔다.

풀의 예리한 옆면과 뾰족한 돌 때문에 팔꿈치와 무르팍이 다 까지고 피가 흘렀으나 조금도 개의치 않았다. 이것 역시 재미있는 장난의 과정에 불과할 뿐이다.

사사삭.

그때 그는 뒤쪽 멀지 않은 곳에서 들려오는 거칠게 풀을 스치는 소리에 동작을 뚝 멈추었다.

사사사사.

그것은 누군가 빠른 속도로 그가 엎드리고 있는 곳을 향해 달려오면서 풀잎을 스치는 소리가 분명했다.

사사사.

그 소리는 기개세가 있는 곳을 향해 똑바로 점점 빠르게 다가오고 있었다.

만약 이대로 간다면 최소한 다섯 호흡 안에는 발각되고 말 것 같았다.

'이젠 어쩐다?

그는 뺨을 바닥에 댄 채 눈을 깜빡였다. 하지만 별 뾰족한 수가 생각나지 않았다.

그런데도 그는 느긋했다. 벽검문 문하 제자들에게 붙잡히면 치도곤을 당하거나 자칫하면 죽을 수도 있을 텐데도 안색조차 변하지 않았다.

두둑한 배짱과 무모할 정도의 대책없는 자신감. 그것이 그의 천성적인 성격이다.

'염병할. 꼼짝없이 잡혔군. 킬킬… 하지만 그 계집애를 골탕 먹인 것은 정말 잘한 일이야.'

어차피 한 시진이 한계인 그의 귀식대법이 풀릴 시각이 다가오고 있었다. 이래 잡히나 저래 잡히나 잡히는 건 매한가지라는 생각인 것이다.

게다가 그는 장한들에게 잡히더라도 어떻게 해서든 위기에서 벗어날 수 있을 것이라고 자신했다. 그만큼 자신의 총명한, 아니, 교활한 머리를 믿기 때문이다.

사사삭.

이제 풀잎 스치는 소리는 삼사 장 뒤쪽에서 들려오고 있다.

바로 그때 작은 기적이 일어났다.

삐이익~!

산 위쪽 먼 곳에서 날카로운 호각 소리가 들려왔다.

약삭빠른 기개세는 그 호각 소리가 목표물, 즉 홍의소녀를 찾았다는 신호일 것이라고 짐작했다.

뚝.

그 순간 빠르게 다가오던 풀잎 스치는 소리가 뚝 끊어졌다.

사사사삭.

그러더니 곧 다시 들렸다. 하지만 반대 방향으로 점차 멀어지는 소리다.

과연 기개세의 짐작이 들어맞았다. 그들은 알몸의 소문주를 찾은 것이 분명했다.

'큭큭… 그럼 그렇지.'

그는 속으로 득의하며 웃었다. 그는 자신을 '행운이 따르는 사람'이라고 믿고 있다.

사실 그의 앞길을 탄탄대로였었다. 이따금 난관에 부딪칠 때도 있었으나 그때마다 기적처럼 극복했었다.

그래서 그는 자신을 '행운이 따르는 사람'이라고 더욱 굳게 믿게 되었다.

지금도 그 행운은 어김없이 그의 편이 돼주었다.

벽검문 문하 제자들이 몇 명이나 왔는지 모르겠지만, 알몸으로 온몸에 회초리 자국이 새겨진 채 나뭇가지에 대롱대롱 매달려 있는 소문주를 발견하면 아마도 기절초풍을 할 것이 분명하다.

그 생각을 하자 기개세는 온몸이 짜릿할 정도로 기분이 좋아서 일어나며 키득거렸다.

"큭큭… 이렇게 기분 좋을 줄 알았으면 그 계집애 몸에 똥이라도 잔뜩 발라주고 오는… 엇?"

그러나 그는 말을 끝맺지 못했다.

언제 나타났는지 바로 앞에 두 명의 장한이 우뚝 서 있는 것을 발견했기 때문이다. 그 바람에 강심장인 그도 약간 놀라고 말았다.

두 장한은 처음에 기개세에게 홍의소녀의 행방을 물었던

바로 그들이다.

소문주를 찾았다는 호각 소리를 듣고 벽검문 문하 제자들이 모두 그곳으로 몰려갔을 것이라고 판단한 기개세는 허를 찔리고 말았다.

"이놈, 우리를 잘도 농락했겠다?"

장한 중 한 명이 이를 갈듯이 말하며 사나운 표정을 지었다.

그러나 기개세는 느긋했다.

"농락이라니? 너희 눈이 썩어서 날 알아보지 못했잖느냐, 이 등신 자식들아?"

"뭐야? 이 자식!"

퍽!

"윽!"

느닷없이 날린 발끝에 명치를 가격당한 기개세는 답답한 신음을 토하며 뒤로 붕 날아가 바닥에 나뒹굴었다.

급소에 불의의 일격, 그것도 공력이 실린 급습을 당한 그는 고꾸라진 채 숨을 쉬지 못하고 꺽꺽거렸다.

기개세에게 발길질을 한 장한이 당장이라도 기개세를 죽일 듯이 거칠게 뒷덜미를 움켜잡고 일으켜 세웠다.

그러나 기개세의 얼굴은 핏기 하나 없이 창백했고 눈은 흰자위만 보였으며 크게 벌어진 입에서는 끄륵끄륵 가래 끓는 소리가 새어 나왔다.

얼핏 보기에도 제대로 오지게 한 대 맞아서 곧 숨이 넘어갈 것 같았다.

"허어… 이놈, 순 약골이로군?"

기개세를 일으킨 장한은 그의 얼굴을 들여다보고 나서 고개를 들며 코웃음을 쳤다.

"흥! 이런 형편없는 놈이 대벽검문의 소문주를 납치했다니 기가 막힐 노릇이로군."

장한은 어이없는 얼굴로 말하다가 흠칫했다.

슈욱!

몸을 잔뜩 굽힌 기개세에게서 뭔가 한줄기 빛이 쏘아져 나오는 것을 발견했기 때문이다.

'검!'

그것은 기개세가 항상 품속에 품고 다니는 한 자루 단검, 즉 은검(銀劍)이었다.

단검이 장한의 심장을 향해 빠르게 쏘아오고 있는 것이다.

기개세가 숨이 넘어갈 것 같았던 것은 순전히 거짓이다. 장한을 방심시키기 위한 꼼수였다.

거리가 너무 가까웠으나 장한은 벽검문 내에서 사등검수(四等劍手)로 분류될 정도의 고수다.

벽검문의 문하 제자들은 모두 아홉 등급으로 분류되며, 그것이 바로 저 유명한 벽검구등검수(碧劍九等劍手)다.

벽검문의 사등검수면 무림에서 일류고수로 충분히 대접을 받을 수 있다.

만약 장한과 대등한 실력의 고수가 그처럼 가까운 거리에서 급습을 가했다면 절대 피할 수 없었을 것이다.

하지만 상대는 일 초식의 권각술과 보법밖에 할 줄 모르는 삼류도 못 되는 기개세다.

팍!

"윽!"

그러나 워낙 가까운데다 급습을 하리라고는 예상하지 못했기에 장한은 피한다고 피했으나 왼쪽 어깨를 단검에 깊숙이 찔리고 말았다.

기회를 잡은 기개세는 거기에서 멈추지 않고 자신이 알고 있는 유일한 권각술인 북두뇌격(北斗雷擊)을 전개했다.

츄웃!

왼발로는 장한의 정강이를 끊어 차고, 왼 주먹으로는 턱을 올려치는 두 개의 변화를 동시에 전개했다.

북두뇌격은 권법과 각술이 합쳐진 수법이다. 북두권과 뇌격각이 그것이다. 지금 기개세는 두 가지를 동시에 펼쳤다.

그가 단검을 찌르고 북두뇌격을 전개한 것은 거의 동시에 벌어진 일이다.

장한은 단검을 어깨에 찔린 충격 때문에 기개세의 주먹과 발길질을 피하지 못했다.

퍼퍽!

"크억!"

기개세의 발끝과 주먹을 정확하게 정강이와 턱에 강타당한 장한의 몸이 벌렁 뒤로 젖혀졌다.

그러나 턱이나 정강이가 부서지진 않았고, 상당한 충격을 받은 정도다.

만약 기개세가 북두뇌격을 십이성까지 완성했거나 공력이 오십 년 수준만 됐더라도 장한은 방금 일격으로 턱이 부서지고 발이 부러졌을 것이다.

'아차!'

장한이 쓰러지는 바람에 그의 왼쪽 어깨에 꽂힌 단검이 기개세의 손에서 벗어났다.

단검은 기개세의 집안, 아니, 가문 대대로 전해져 내려오는 문중지보(門中之寶)다.

잃어버리면 부친에게 혼나는 것이 무서워서가 아니라 기개세는 이 단검을 자신의 분신처럼 소중하게 여긴다. 오죽하면 잘 때도 단검을 품속에 품고 있겠는가.

창!

그때 또 한 명의 장한이 검을 뽑는 소리가 들렸다.

두 번째 장한이 반응을 늦게 한 것이 아니다. 그는 첫 번째 장한이 단검에 찔리는 순간 즉시 어깨의 검으로 손을 뻗어 제대로 뽑았다.

단지 쓰러진 장한이 너무 창졸간에 당한 것이다.

원래 기개세는 첫 번째 장한을 제압하자마자 두 번째 장한에게 미혼향을 뿌릴 계획이었다.

미혼향 같은 것은 그가 언제나 반드시 지니고 다니는 필수품 중의 하나다.

그런데 촌음을 백으로 쪼갠 찰나조차도 아까운 때에 기개세는 단검을 놓쳤다는 것에 잠시 정신이 팔려 두 번째 장한을 아주 잠깐 동안 망각하는 우를 범하고 말았다.

쐐액!

두 번째 장한이 발검에 이어 곧장 기개세를 베어오는데 반 장 남짓의 짧은 거리에서도 허공을 갈가리 찢어발기는 검명(劍鳴)이 울려 퍼졌다.

그 정도 파공음이라면 검세(劍勢)가 보통이 아닐 터이다.

기개세는 미혼향을 뿌릴 기회를 놓쳤다. 지금 미혼향을 뿌린다면 그 순간 장한의 검에 자신의 몸뚱이가 두 동강 나고 말 터이다.

순간 그는 쓰러져 있는 첫 번째 장한을 향해 몸을 날렸다.

첫 번째 장한을 방패막이로 삼으면 두 번째 장한이 동료를 공격하지 못할 것이라는 얄팍한 꼼수에서다.

기개세는 첫 번째 장한의 어깨에 꽂힌 단검을 잡고 힘껏 한 바퀴 빙글 뒤집었으며, 바로 그 순간 검이 베어오다가 뚝 멈추었다.

첫 번째 장한의 몸이 기개세 위에 엎드린 자세로 있기 때문에 두 번째 장한은 공격을 멈출 수밖에 없었다. 역시 이번에도 기개세의 꼼수는 먹혔다.

그러나 기개세 위에 있던 장한의 몸이 빙그르르 아래를 향하면서 기개세의 모습이 드러나자 잠시 멈칫했던 두 번째 장한의 검이 허공을 갈랐다.

쐐액!

파앗!

같은 순간 기개세는 첫 번째 장한의 어깨에서 단검을 뽑는 것과 동시에 다른 손을 품속에 넣었다가 빼면서 두 번째 장한의 얼굴을 향해 세차게 흰 분말을 뿌리자마자 데구루루 몸을 굴렸다.

"허엇?"

기개세가 미혼향을 뿌릴 줄 예상하지 못했던 장한은 깜짝 놀라 주춤했다.

아니, 그는 자신을 향해 뿌려진 흰 분말이 무엇인지 그 순간에는 알지 못했다.

설마 기개세가 사파인이나 하오문도들이 주로 사용하는 미혼향을 뿌릴 줄은 예상하지 못한 것이다.

"무슨 수작을!"

쉬이익!

분노한 장한은 허공에 흩어지는 뽀얀 흰 분말을 뚫고 곧장 기개세를 공격해 갔다.

그 순간 그는 분말, 즉 미혼향을 들이마셨다. 미혼향을 조금이라도 흡입하면 일류고수라고 해도 즉시 운공조식을 하여 독기를 체외로 배출해야 한다.

그러지 않고 운공조식의 시기를 놓치면 최소 한 시진 이상 혼절 상태가 지속된다.

그렇지만 흡입하고 나서 미혼향의 약효가 발휘되려면 빨라도 다섯 호흡쯤 지나야 한다.

그 말은 기개세가 다섯 호흡 동안 장한의 공격을 피해야 한다는 뜻이다.

만약 장한의 공력이 의외로 높다면 약효가 발휘되는 시각이 더 늦어질 것이고, 반대로 낮다면 빨라질 것이다.

기개세는 장한이 가까이 쏘아오면서 검을 휘두르는 것을 보고 결사적으로 몸을 굴렸다.

일어날 틈이 없다. 일어나는 순간에 몸통 어딘가가 잘라지거나 구멍이 뚫릴 것이다. 지금은 그저 미친 듯이 구르는 방법뿐이다.

팍!

검첨이 맹렬하게 구르고 있는 기개세의 귀 옆을 아슬아슬하게 스치며 바닥을 찔렀다.

파아아.

다음 순간에는 그가 구르고 있는 주위의 풀잎이 마구 잘려지며 허공에 나부꼈다.

쐐애액!

공격이 숨 쉴 틈 없이 퍼부어졌다. 그러나 기개세는 공격이 어디에서 어떻게 쇄도하는지 볼 겨를조차 없다.

아니, 본다고 해봤자 그에게 일류고수의 공격을 피할 재간이 있을 리 만무하다.

그저 그가 할 수 있는 것은 검이 일으키는 파공음의 반대쪽으로 무작정 죽을힘을 다해서 구르는 것뿐이다.

그때 파공음이 뚝 끊어졌다. 그러자 파공음에 따라서 움직이던 기개세의 동작도 멈췄다.

'이제 중독된 건가?'

기대와 안도가 복잡하게 교차했다.

쐐액!

그 순간 느닷없이 파공음이 그의 머리 위에서 터졌다.

그가 번쩍 고개를 들자 바로 앞에 우뚝 서 있는 장한의 두 다리가 보였다.

장한은 기개세를 훌쩍 날아 넘어서 굴러가는 방향 앞쪽에 내려선 것이다.

빤히 내려다보면서 휘둘러오는 검을 기개세로서는 도저히 피할 방법이 없다.

휘익! 획!

순간 그는 장한의 다리를 향해 맹렬히 단검을 휘둘렀다.

초식이고 나발이고 없다. 그저 너 죽고 나 죽자는 막무가내 식이다. 또한 이 상황에서 그가 할 수 있는 행동이 그것밖에는 없다.

그런데 그것이 먹혔다. 워낙 가까이에 서 있던 장한은 단검을 피하려고 주춤 뒤로 물러설 수밖에 없었고, 그 바람에 기개세를 향해 내리긋던 검의 방향과 위력이 흐트러졌다.

팍!

그렇지만 검이 기개세의 오른쪽 어깨 뒤쪽을 베었다.

원래의 방향이었으면 기개세의 뒤통수를 절반으로 쪼갰을 것이고, 방향이 흐트러졌더라도 원래의 위력이었으면 기개세의 오른팔이 어깨에서 뎅겅 잘라졌을 것이다.

일검을 당했으나 기개세는 아픔을 느끼지 못했다. 아직 위험에서 벗어나지 못했기에 아픔을 느낄 겨를조차 없다.

"이 자식!"

분노에 찬 장한의 외침이 터진 곳 반대 방향으로 기개세는 튕기듯 벌떡 일어서며 몸을 날렸다.

머릿속에는 어떻게 하든 장한이 미혼향에 중독될 때까지 버텨야 한다는 생각밖에 없다.

쐐애액!

그런데 장한은 그림자처럼 기개세를 뒤따르며 맹렬하게 검을 휘둘렀다.

무공에는 얼치기 같은 기개세가 일류고수를 떨쳐 낸다는 것은 불가능한 일이다.

벌떡 일어서면서 몸을 날린 그는 간신히 두 발을 땅에 딛기는 했으나 균형을 잡지 못하고 비틀거렸다.

자세를 제대로 잡았으면 어설픈 보법이라도 펼쳐 보련만 비틀거리는 상황이라 그마저도 행할 수 없는 상황에서 검이 곧장 그의 목을 베어왔다.

눈만 한 번 깜빡일 순간이면 그의 목이 잘라져서 머리가 몸에서 분리될 판국이다.

'우라질! 산중고혼이 되다니 재수 우라지게 없군!'

보통 사람들은 죽음이 코앞에 닥치면 옛일들이 주마등처럼 뇌리를 스쳐 지나간다거나 죽는 것이 억울해서 처절한 발악이라도 할 텐데, 그는 재수가 없다고 투덜거렸다. 역시 그는 별종이었다.

그는 기우뚱한 자세로 장한을 뚫어지게 쏘아보았다. 그의 눈빛이 '제발 약효가 퍼져라!' 고 간절히 원하고 있다.

쉬이익!

오른쪽에서 왼쪽으로 비스듬히 장한의 검이 기개세의 목 두 뼘 거리까지 베어오고 있었다.

그런데도 그는 두 눈을 부릅뜨고 장한만 쏘아보고 있다. 마치 강력한 염력(念力)을 보내는 듯한 모습이다.

그에게 염력 따위가 있을 리 없지만 지금 할 수 있는 일은 그것밖에 없다.

"으으……."

그런데 시퍼런 검날이 기개세의 목에 한 뼘까지 바짝 쇄도

했을 때 장한이 갑자기 얼굴을 일그러뜨리며 답답한 신음을
흘렸다. 그와 함께 베어오던 검이 주춤했다.

평소에 미혼향을 가끔 사용했던 기개세는 약효의 발현 과
정에 대해서 잘 알고 있었다.

약효가 돌기 시작하면 서너 호흡 정도 미친 듯이 날뛰다가
쓰러지게 된다. 이제 멀찍이 떨어져서 그때까지만 버티면 되
는 것이다.

"이놈! 죽이고 말겠다!"

쉬익! 쉭! 쉭!

그런데 기개세가 공격권에서 벗어나기도 전에 장한이 미
친 듯이 검을 휘두르며 공격을 퍼부어댔다.

자신이 뭔가 잘못되고 있다는 사실을 깨달은 자의 발광은
죽음을 앞둔 맹수처럼 무시무시한 법이다.

"우왓!"

기개세는 화들짝 놀라 마구 뒷걸음질쳤다.

"이 자식!"

쐐애액!

두 눈이 붉게 충혈된 장한은 끈질기게 따라붙으며 마구잡
이로 검을 휘둘렀다. 여차하면 기개세의 목이고 몸통이고 사
정없이 잘라질 판국이다.

파파아.

검이 기개세의 옷과 앞가슴, 팔을 살짝살짝 베면서 잘라진

옷자락이 흩어지고 베어진 상처에서 피가 뿜어졌다.

"으앗! 염병할 놈아! 어서 쓰러져라!"

기개세는 결사적으로 뒤로 물러나면서 펄쩍펄쩍 날뛰며 악을 썼다.

그러나 이제 장한이 한 차례만 더 검을 휘두르면 영락없이 당하고 말 궁지에 몰리고 말았다.

그런데 갑자기 장한이 공격을 멈추고 왼손으로 나무를 잡은 채 상체를 흐느적거리며 기개세를 쳐다보았다.

'크헤헤! 저놈, 드디어 약효가… 음? 저놈, 왜 저래?'

미혼향의 약효가 완전히 몸에 퍼진 것이라 여기고 내심 득의하며 웃던 기개세는 가볍게 놀라는 표정을 지었다.

나무를 잡고 있던 장한이 갑자기 수직으로 허공을 향해 쏜 살같이 솟구치고 있었기 때문이다.

장한의 모습은 순식간에 하늘 꼭대기로 사라져 버렸다. 그 대신 기개세의 눈앞에 풀과 이끼가 무성하게 자란 암벽이 나타났다.

'뭐야, 이거?'

그는 눈을 멀뚱거리다가 발밑이 허전하다는 사실을 그제야 깨달았다.

"왓?"

급히 아래를 내려다보던 그의 입에서 다급한 외침이 터져 나왔다.

그의 발아래에는 땅이 없었다. 대신 까마득한 저 아래에 짙은 운무가 구름처럼 두텁게 깔려 있는 것이 보였다.

아래를 굽어보던 기개세의 얼굴이 어이없는 표정에서 소태를 씹은 듯한 표정으로 변했다. 장한이 위로 솟구친 것이 아니라 기개세가 아래로 푹 꺼진 것이다.

"우라질! 오늘 정말 재수 더럽게 없군."

그는 자신이 천길만길 낭떠러지로 추락하고 있다는 사실을 깨달았다.

장한의 공격을 피한답시고 뒤의 지형이 어떤지도 모르고 펄쩍펄쩍 뛰면서 물러나다가 이 지경이 된 것이다.

순간 그는 필사적으로 팔다리를 휘두르며 목젖이 찢어져라 비명을 질러댔다.

"으아아—!"

기개세의 처절한 비명 소리가 까마득한 절곡 아래로 아스라이 멀어져 갔다.

"무얼 하고 있는 것이냐, 어서 풀어주지 않고서?!"

홍의소녀, 아니, 벽검문 소문주 손진(孫珍)은 한 명의 문하 제자가 자신을 쳐다보지도 못하고 쭈뼛거리기만 하자 날카롭게 고함을 질렀다.

"저는 가… 감히 소문주를 뵈올 수가 없습니다."

문하 제자는 손진을 외면한 채 더듬거렸다.

손진은 복장이 터질 지경이었다. 기개세에게 최악의 치욕을 당한 것으로도 모자라서 이젠 문하 제자에게도 알몸을 보이고 말았다.

그렇지만 지금 혈도를 풀고 옷을 입지 않으면 잠시 후에 문하 제자들이 떼거리로 몰려와 그녀의 알몸을 실컷 감상하게 될 터이다.

이곳에 있는 문하 제자는 알몸의 손진을 발견하자마자 혼비백산 놀라서 일단 호각부터 불었다.

그리고는 혈도를 풀라는 손진의 말에 거듭 '못합니다' 만 연발하고 있는 중이다.

"내 말을 들어봐라."

손진은 울화가 치밀어서 죽을 것 같은 심정이지만 가까스로 마음을 가라앉히고 말문을 열었다. 그런데도 그녀의 목소리가 가늘게 떨렸다.

"너는 문하 제자들이 우르르 달려와서 내 알몸을 구경해야 속이 후련하겠느냐, 아니면 지금 네가 내 혈도를 풀어주어서 수치를 면하게 해주는 것이 좋겠느냐?"

그녀는 고개를 돌리고 있는 문하 제자의 귀퉁배기를 한 대 갈겨주고 싶은 마음을 꾹꾹 눌러 참았다.

"그… 렇군요."

문하 제자는 겨우 알아듣고 고개를 끄덕였다.

"알았으면 어서 묶인 줄과 혈도를 풀어라."

“알았습니다.”

손진은 조바심이 날 대로 났다. 문하 제자들에게 알몸을 보이는 것도 문제지만 그보다는 지금이라도 서둘러 기개세를 쫓으면 잡을 수 있을 것 같았기 때문이다.

문하 제자는 대답은 그렇게 했지만 선뜻 손진 가까이 다가오지도, 제대로 쳐다보지도 못하고 그녀의 속을 바짝바짝 태우면서 시간을 끌다가 겨우겨우 그녀의 뒤에 서서 조심스럽게 물었다.

“어… 어떤 혈도를 제압당하셨습니까?”

“마혈이다.”

손진은 지금 이 문하 제자에게만큼은 자신의 알몸을 보일 수밖에 없는 상황이라고 스스로를 다독이고 있었지만, 막상 그가 자신의 뒤에 서니까 온몸이 오그라드는 듯 소름이 좍 끼치는 것을 어쩌지 못했다.

문하 제자는 조심스럽게 고개를 들다가 움찔 놀랐다. 손진의 몸 뒤쪽에 마치 수십 마리 가느다란 뱀들이 우글거리면서 휘감고 있는 것처럼 수많은 핏빛 자국이 새겨져 있는 것을 발견했기 때문이다.

처음에 그녀를 봤을 때는 그녀가 알몸이라는 사실 때문에 너무나 놀라서 황급히 외면했던 터라 몸에 새겨져 있는 핏빛 자국들을 미처 발견하지 못했다.

문하 제자는 순간적으로 손진이 누군가에게 가혹하게 매

질을 당했다고 생각했다.

"소문주, 옥체가⋯⋯."

"잔말 말고 어서 혈도나 풀어라!"

문하 제자가 무엇을 보고 그렇게 말하는지 알고 있는 손진은 속에서 불덩어리 같은 것이 울컥 치밀어 올라 자신도 모르게 버럭 소리를 질렀다.

화들짝 놀란 문하 제자는 급히 나무로 올라가서 손진의 어깨 견정혈(肩井穴)과 목 아래의 천정혈(天鼎穴)을 찍어 마혈을 풀었다.

투툭!

척!

이어서 문하 제자가 밧줄을 끊으려고 하자 그보다 먼저 손진이 공력을 일으켜 밧줄을 끊고는 바닥에 내려섰다.

그녀는 한쪽 나무 아래에 흩어져 있는 자신의 옷을 찾아 입고 서둘러 어깨에 검을 메면서 물었다.

"그놈은 어디에 있느냐?"

나무에서 내려온 문하 제자는 급히 손진 앞으로 달려와 고개를 숙이며 대답했다.

"모⋯ 르겠습니다."

그는 손진의 알몸을 본 것 때문에 지나치게 쭈뼛거리며 그녀의 얼굴을 쳐다보지도 못했다.

"내가 누굴 묻는 것인지 아느냐?"

그래서 손진은 더 화가 나서 목소리가 쨍 하고 울렸다.

만약 문하 제자가 아무 일도 없었던 것처럼 태연하게 행동을 한다고 해도 화가 났을 것이다. 그가 그녀의 알몸을 봤다는 사실은 변함이 없을 테니까 말이다.

"소… 문주를 이렇게 만든 자를 말씀하시는 게 아닙니까?"

"그렇다. 그놈을 잡았느냐?"

"못 잡았습니다. 죄… 송합니다."

손진은 산 아래쪽을 무섭게 쏘아보며 이를 바드득 갈았다.

"내 이놈을 잡아서 껍질을 벗기지 못하면 절대로 집에 돌아가지 않겠다!"

휘익!

이어 한줄기 바람처럼 산 아래를 향해 쏘아갔다.

구화산은 험준하기로 천하에서도 몇 손가락 안에 꼽힌다.

중원 대륙은 동쪽의 동해바다를 제외하고 북과 서, 그리고 남쪽으로 끝없이 펼쳐진 거대한 대산맥의 울타리 안에 오롯이 담겨 있는 형상이다.

북쪽의 대산맥은 하북성 북단의 찰합이산(察哈爾山)에서부터, 서쪽은 호북성과 사천성의 경계에 걸쳐 남북으로 길게 뻗은 대파산(大巴山)에서부터, 그리고 남쪽은 안휘성 남단의 구화산에서부터 남해(南海)에 이르기까지 육천여 리가 온통 대산맥으로 이루어졌다.

그러니만큼 구화산은 험산, 아니, 악산(惡山)이라고 해야 할 만큼 험준하다.

기개세가 추락한 낭떠러지, 아니, 절곡(絶谷)은 그런 구화산에서도 깊고 험악하기로 첫손가락에 꼽히는 유명한 단혼애(斷魂崖)라는 곳이다. 일단 추락하고 나면 영혼마저도 절단난다는 뜻이다.

"단혼애로 추락했으니 그놈은 필경 온몸이 갈가리 찢어져서 죽었을 것입니다."

입술을 꼭 깨문 채 벼랑 끝에 서서 단혼애 아래를 쏘아보고 있는 손진 옆에서 문하 제자가 공손히 설명했다.

손진 주위에는 네 명의 문하 제자가 그녀를 호위하듯이 모여 서 있고, 약간 떨어진 곳에는 한 명이 바닥에 가부좌로 앉아서 운공조식을 하고 있으며, 그 옆에는 다른 한 명이 길게 누워 있었다.

운공조식을 하는 사람은 기개세의 단검에 어깨를 찔렸고, 누워 있는 사람은 미혼향에 당해서 혼절해 있는 상태다.

"그래도 내려가서 내 눈으로 직접 그놈이 죽었는지 확인해봐야겠다."

손진의 차가운 목소리에 네 명의 문하 제자는 크게 놀라 황급히 만류했다.

"그건 안 됩니다, 소문주."

"너무 무모합니다."

"단혼애 아래로 스스로 내려갔다는 사람도, 추락한 사람이 살아났다는 말도 들어본 적이 없습니다. 내려가시는 것은 자살 행위입니다."

그러나 손진은 들은 체도 하지 않고 낭떠러지 아래로 내려갈 마땅할 장소를 찾으려고 여기저기 자세히 살펴보기만 할 뿐이다.

평소에 소문주가 한다고 하면 반드시 하고야 마는 성격이라는 것을 잘 알고 있는 문하 제자들은 어떻게 이 무모한 행동을 말려야 할지 전전긍긍했다.

그들이 그러고 있는 사이에 손진은 마땅한 장소를 찾아 벌써 벼랑을 내려가기 시작했다.

몸의 앞면을 암벽 쪽으로 향한 자세로 암벽의 좁은 틈이나 풀뿌리를 잡고 또 발끝을 딛고서 잠깐 사이에 오륙 장이나 내려갔다.

문하 제자들은 모두 벼랑 가에 바짝 다가들어 조마조마한 심정으로 손진을 내려다보았다.

그들은 손진을 크게 걱정하고 있으면서도 그녀를 따라서 암벽을 내려갈 생각은 추호도 하지 못했다. 그만큼 단혼애는 악명이 높은 곳이다.

그런데 그들보다 훨씬 어린데다 여자인 손진은 보란 듯이 씩씩하게 잘 내려가고 있다.

평소였다면 그녀도 내려갈 엄두를 내지 못했을 것이다. 지금 그녀가 초인적인 능력을 발휘할 수 있는 이유는 오직 기개세에 대한 복수심 때문이었다.

그래도 문하 제자들은 손진이 어느 정도 내려가다가 포기할 것이라고 예상했다.

그녀의 복수심이 제아무리 강해도 이곳은 저 유명한 단혼애가 아닌가.

손진이 삼십여 장쯤 내려간 이후 그녀의 모습이 문하 제자들의 시야에서 사라졌다.

그곳에 짙은 운무가 끼어 있어서 그녀의 모습이 운무 속으로 사라진 것이다.

그녀가 보이지 않자 문하 제자들은 더욱 안절부절못했고, 그러는 사이에 어느새 일각이 흘렀다.

"아악!"

바로 그때 운무 아래쪽에서 손진의 뾰족한 비명 소리가 아스라이 들려왔다.

"소문주!"

문하 제자들은 대경실색해서 일제히 외쳤다. 그들은 손진이 마침내 추락하고 만 것이라는 생각이 들어 어쩔 줄을 몰라 발을 동동 굴렀다.

"안 되겠어. 내려가 봐야겠다."

급기야 문하 제자 한 명이 결단을 내리고 벼랑을 내려가기 시작했다.

그러나 그는 손진처럼 빠르지 못하고 내려가는 속도가 매우 더뎠다. 아마도 그에게는 손진 같은 복수심이 없기 때문일 것이다.

바로 그때 운무 속에서 손진의 머리가 불쑥 나타났다.

"소문주!"

"괜찮으십니까?"

문하 제자들이 크게 안도의 표정을 짓고 있을 때 운무 위로 상체를 드러낸 손진은 어찌 된 일인지 그 자리에서 꼼짝도 하지 않았다.

암벽 틈새를 잡고 있는 그녀의 두 손에서 피가 흐르고 두 팔이 바들바들 떨리고 있었다.

벼랑을 내려가고 있었던 문하 제자는 그 모습을 발견하고 즉시 조심스럽게 그녀에게 다가갔다.

손진에게 가까이 다가간 문하 제자는 그녀의 두 손이 피투성이인데다 손톱이 여러 개 빠져 있는 것을 발견하고 깜짝 놀랐다.

운무 아래쪽으로 내려가던 그녀가 그만 발을 헛디뎌 추락을 했고, 다급해진 나머지 열 손가락을 꼿꼿하게 세워서 암벽을 거세게 긁으며 간신히 추락 속도를 늦춰 목숨을 건졌다는 사실을 문하 제자로서는 알 리가 없다.

십년감수한 그녀지만 내려가는 것을 포기하고 싶지 않았다. 그러나 거기까지 내려가고 또 추락을 멈추게 하려고 온 힘을 쏟은 터라 더 이상 내려갈 기력이 남아 있지 않았다.

그래서 사력을 다해 다시 기어올라 왔으나 운무 위로 상체를 내밀고는 탈진해서 멈출 수밖에 없었다.

"소문주, 무례를 범하겠습니다."

다가온 문하 제자가 조심스럽게 말했으나 손진은 대꾸할 기력조차 없다.

아니, 기개세의 생사를 확인하지 못한 것 때문에 기분이 몹시 언짢아서 대답하고 싶지 않았다.

'나쁜 놈. 지옥에나 떨어져라.'

그렇게 속으로 한스럽게 저주하는 것이 그녀가 할 수 있는 전부였다.

第三章
단혼애(斷魂厓)

大夫

대사부

얼마나 시간이 지났는지 알 수가 없다.

단혼애 맨 아래쪽 바닥은 너무나 깊고 중간에 운무가 가로막고 있는 탓에 대낮인데도 빛이 제대로 비치지 않아서 몹시 흐린 날처럼 어두컴컴했다.

기개세는 똑바로 누운 자세에서 정신을 차리고 눈을 떴다.

맨 먼저 희뿌연 안개 같은 것이 층을 이루어 허공에 둥둥 떠 있는 광경이 보였다.

그는 눈을 껌뻑거리며 자신이 낭떠러지에서 추락했던 기억을 떠올렸다.

'죽지 않은 것인가?'

연이어 다른 기억이 떠올랐다. 추락하면서 암벽에 뿌리를 박고 기형적으로 뻗은 나무와 암벽에서 돌출한 이끼 낀 바위에 두세 차례 부딪친 기억이다. 너무도 거센 충격을 받아서 아마 그때 혼절했던 것 같다.

'죽지 않았다면 어디……'

기개세는 몸을 움직여 보려고 상체를 일으켰다.

"으악!"

그러나 그는 상체를 일으키지도 못하고 목젖이 찢어질 듯한 비명을 터뜨렸다.

그의 생애에서 방금 같은 고통에 찬 비명은 한 번도 지른 적이 없었다.

아픈 정도가 아니라 온몸이 산산조각 나버리는 것 같은 극심한 고통이었다.

여북하면 평소에 맷집이 좋다고 자부하는 기개세가 처절한 비명을 질렀겠는가.

'빌어먹을. 도대체 어딜 다친 거야?'

어딜 어떻게 얼마나 다쳤는지도 알 수가 없다. 상체를 움직이자마자 온몸 전체에서 엄청난 통증이 파도처럼 엄습했기 때문이다.

그렇다고 포기할 기개세가 아니다. 무창성 사람들은 그를 별종이라고 부르기를 주저하지 않는데, 그가 보통 사람들하고는 다른 독특하고 괴팍한 여러 가지 성격들을 갖고 있기 때문이었다.

그중에서 하나, 그는 무서운 집념의 소유자다. 홍의소녀 손진에게 당했던 것을 복수하기 위해서 열흘 동안이나 그녀를 미행하며 기회를 노리다가 끝내 성공한 것만 봐도 그의 집념이 어느 정도인지 잘 알 수 있다.

그가 일어나려고 결심을 하면 설사 일어나다가 죽는 한이 있더라도 반드시 하고야 만다.

그렇다고 우직하게 같은 방법을 고수하지는 않는다. 이렇게 해서 안 되면 저렇게도 해보는 등 여러 방법을 죄다 끌어다 적용하는 것이 그의 방식이다.

"끄악!"

다시 상체를 일으키려던 기개세는 이번에도 역시 처절한 비명을 내지르고 말았다. 그런데도 상체는 바닥에 붙어버린 듯 꼼짝도 하지 않았다.

상체를 일으키려고 단지 힘을 준 것만으로도 극심한 고통을 느낀 것이다.

그는 무창성 사람들이 왜 자신을 별종이라고 부르는지 단혼애 바닥에서 유감없이 보여주고 있었다.

한 시진 후, 처절한 비명 소리를 수십 번이나 터뜨리고 온몸이 조각나는 듯한 고통 역시 그만큼을 더 맛본 후에야 그는 비로소 간신히 상체를 일으킬 수 있었다. 결국 집념이 고통을 이겨냈다.

그 과정에서 왼팔과 왼쪽 어깨뼈, 갈비뼈 몇 개가 부러졌다는 사실을 알게 되었다.

그 지경이 됐으니 그토록 고통스러웠던 것이 어느 정도 이해가 됐다. 그는 생전 이처럼 지독하게 망가져 본 적이 한 번도 없었다.

혹시 다리도 부러졌나 싶어서 앉은 자세에서 왼발, 오른발을 번갈아 들어보다가 무거운 신음을 토해냈다.

"으윽… 빌어먹을……."

오른발 정강이와 허벅지가 칼로 도려내는 듯이 고통스러웠다. 두 군데가 부러진 것이 분명했다.

성한 곳이라곤 오른팔과 왼발뿐이다. 그렇지만 까마득한 절벽에서 추락했다는 사실에 비추어봤을 때 그 정도면 외려 천행이라고 할 수 있다.

기개세는 그대로 앉은 채 천천히 주변을 둘러보았다.

그가 앉아 있는 곳은 썩은 낙엽이 수북이 쌓여 있고 물기가 축축했다.

오랜 세월 동안 낙엽이 쌓이고 또 비가 내려 고이면서 낙엽과 물이 썩어서 생긴 낙엽 습지였다.

만약 기개세가 추락하는 도중에 나무와 암벽에서 돌출한 바위에 여러 차례 부딪쳐서 하강하는 속도가 줄어들고 또 떨어진 바닥이 낙엽 습지가 아니었다면 즉사를 면하지 못했을 것이다.

"클클… 역시 나는 더럽게 운이 좋군."

그는 키득거리면서 좀 더 먼 곳을 둘러보았다.

그가 앉아 있는 곳을 중심으로 낙엽 습지는 절벽 아래 거의 대부분을 차지하고 있었다.

나무는 단 한 그루도 없다. 아마도 낙엽은 절벽 위에서 바람에 날려 떨어져서 쌓인 듯했다.

그리고 낙엽 습지 전역에 걸쳐서 크고 작은 바위 수천 개가 널리듯 깔려 있었다. 만약 기개세가 바위로 떨어졌다면 뼈도 추리지 못했을 것이다.

절벽은 양쪽에 마치 하늘을 떠받치고 있는 기둥처럼 위쪽으로 끝없이 뻗어 있었다.

양쪽 절벽 사이의 폭은 대략 삼십여 장에 달했는데, 기개세는 자신이 어느 쪽 절벽에서 떨어졌는지 알지 못했다.

그렇다고 해도 그는 이곳에서 빠져나가지 못할 것이라는 생각 따위는 하지 않았다.

절벽을 따라서 끝까지 가보면 반드시 밖으로 통하는 길이 있을 것이라고 믿었다.

문제는 몸이 성치 못하다는 사실이다. 지금 상태로는 몇 걸음은커녕 일어서지도 못할 것 같았다.

과연 그의 예상은 틀리지 않았다. 일어서려고 몇 차례 시도를 해봤으나 극심한 고통만 느꼈을 뿐 시도는 끝내 시도만으로 끝나 버렸다.

일어서는 것은 상체를 일으키는 것보다 몇 배나 더 어려운 일이다. 일어서기 위해서는 많은 힘을 줘야 하고 또 한쪽 발로만 일어서야 하기 때문에 그것을 지탱해 줄 다른 무언가가 필요하다.

엎드린 쟈세에서 성한 왼발로 무릎을 꿇고 오른손으로 바닥을 누르듯이 지탱하면서 일어나야 하는데, 힘을 주기만 하면 온몸이 갈가리 쪼개지는 듯이 고통스러웠다.

또한 바닥이 푹신푹신한 낙엽 더미라서 오른팔이 자꾸 낙엽 속으로 빠져들어 힘을 줄 수가 없다.

고통 따위는 악문 이빨이 다 부러지더라도 어떻게든 참을 수 있다.

문제는 팔이 발보다 짧고 또 낙엽 더미 속으로 자꾸 파묻혀서 아무리 고통을 참으면서 힘을 줘도 번번이 앞으로 고꾸라지기 일쑤라는 것이다.

그럴 때마다 일어나려고 버둥거리는 것보다 몇 배 지독한 고통이 엄습하여 그를 거의 혼절 직전까지 이르게 했다.

하지만 그가 누군가. 무창성의 별종 기개세에게 포기란 있을 수 없는 일이다.

그는 몇 차례 더 시도하다가 털썩 낙엽 더미에 누웠다. 잠시 쉬었다가 다시 일어나기를 시도해 볼 생각이다.

"헉헉헉……!"

얼마나 용을 썼는지 숨이 턱에 찼고 금방이라도 가슴이 터져 버릴 것만 같았다.

그 후로도 그는 여러 차례 일어나기를 시도했으나 끝내 성공하지 못하고 다시 누워버리기를 반복했다.

얼마나 누워 있었을까. 이제쯤 다시 시도해 보려는 생각을 하고 있는데 갑자기 머리끝이 쭈뼛거렸다.

스스스.

누워 있는 머리 쪽에서 이상한 소리가 들려왔다. 그것은 무언가가 낙엽 위를 스치는 듯한 듣기 거북한 소리였고, 매우 가까이에서 들렸다.

"……!"

그것이 무엇인지 보려고 상체를 일으키려고 생각하는데 느닷없이 어떤 차가운 물체가 기개세의 뺨을 스치면서 왼쪽 어깨로 기어오르고 있었다.

스르르르.

움직이지 않은 채 눈을 내리깔고 그 물체가 무엇인지 확인한 그는 움찔 몸이 굳어버렸다.

그것은 전체가 검푸른 바탕에 규칙적인 간격으로 붉은 가로 띠가 쳐져 있는 한 마리 징그러운 뱀이었다.

몸통이 팔뚝 정도의 굵기에 머리가 세모꼴인 것으로 미루어 독사가 분명했다.

이런 곳에서 독사에게 물리면 어떻게 해볼 방법도 없이 외롭게 죽어야만 할 것이다.

휙!

그는 성한 오른손으로 재빨리 독사의 봄통을 잡아 멀리 집어던졌다.

"별것도 아닌 게 사람 놀라게……."

중얼거리던 그는 무슨 생각이 들어 뚝 말을 멈추고는 힘겹게 상체를 일으켰다.

여러 차례 해봤다고 이제는 상체를 일으키는 것쯤은 그리 어렵지 않았다.

이어서 손으로 조심스럽게 낙엽 더미를 파헤쳐 보았다.

"이런 빌어먹을……."

낙엽 더미를 조금 파헤치던 그는 급히 손을 움츠렸다.

축축하게 젖고 시커먼 물이 고여 있는 썩은 낙엽 더미 속에 이름도 모를 수십 종류의 벌레들과 흉측한 모습의 생명체들이 꿈틀거리면서 기어다니고 있는 것이 보였다.

일견하기에도 그것들 중에 다수가 독충이나 독물들인 것 같아서 기개세는 자신도 모르게 오만상을 찌푸렸다.

혼절해 있는 동안, 그리고 깨어나서 그 난리를 피우는 동안에 독충이나 독사에게 물리지 않은 것이 천만다행이라는 생각이 들었다. 만약 물렸다면 무슨 일이 일어나도 벌써 일어났을 것이다.

그런 생각이 들자 그는 잠시도 그곳에 더 있고 싶지 않았다. 무슨 수를 써서라도 낙엽 습지를 벗어나야겠다고 생각했다.

만약 지금 같은 상황에서 이곳을 벗어나지 못하고 굶어서 죽게 된다면, 수많은 독충과 이름도 모를 생명체들이 자신의 몸을 무참히 갉아먹을 것이라는 생각을 하자 온몸의 털이 마구 곤두섰다.

일어서지 못하면 기어서라도 이곳을 벗어나야 한다는 생각에 그는 성한 오른팔과 왼쪽 다리로 한쪽 절벽 가장자리를 향해서 필사적으로 기어가기 시작했다.

바삭, 와스락.

그러나 그가 결사적으로 몸부림치는 데 비해서 소득은 아무것도 없었다.

몸부림치면서 제자리에서만 낙엽 더미를 마구 파헤칠 뿐 앞으로는 한 뼘도 전진하지 못했다.

오히려 마치 모래 수렁에 빠진 것처럼 낙엽 더미 속으로 자꾸 빠져들었다.

그 바람에 온갖 벌레와 생명체들 한가운데로 몸을 내던진 꼴이 되고 말았다.

썩은 낙엽 더미 속에서 사는 독충이나 생명체들은 하나같이 칙칙한 검고 붉은 색이었다.

마침내 우려하던 일이 벌어졌다. 그것들이 한꺼번에 기개세의 몸으로 스멀스멀 기어올랐고, 옷 속으로도 파고들기 시작한 것이다.

"으으……."

그는 돌아버릴 것만 같았다. 그것들이 자신의 몸을 뜯어 먹고 몸속으로 파고들 것이라는 생각이 들었다.

"으으… 안 돼. 이 더러운 놈들이 내 몸뚱이를 파먹도록 내버려 둘 순 없다."

그가 중얼거리고 있을 때 몸의 여기저기가 따끔거렸다. 벌레들과 괴상한 생명체들이 물어뜯기 시작한 것이다.

그것들 중에는 독충도 있고 독이 없는 것도 있을 터이다. 어쨌든 깨물리는 것은 좋지 않다.

"이얍!"

궁즉통(窮卽通)이라고 했다. 막바지에 몰리게 되자 초인적인 힘이 생겼다. 그는 기합을 터뜨리며 젖 먹던 힘을 다해서 일어나기 시작했다.

온몸에 수십 마리 벌레와 괴상한 모양의 생명체들이 달라붙었으나 그것을 떼어낼 겨를이 없다.

그는 절벽 쪽을 향해서 걷기 시작했다. 제대로 걷는 것인지 절뚝거리는 것인지 알 바 아니다. 그저 앞으로 전진하고 있으면 그것으로 됐다.

죽는 것이 가장 무서운 것인 줄 알았는데, 썩은 낙엽 더미 속의 온갖 벌레들 속에서 허우적거리는 것이 더 끔찍했다.

몸 여기저기가 욱신욱신 쑤시고 결린다는 느낌이 아련하게 들 뿐 아까처럼 온몸이 조각나는 극심한 통증은 없다.

아마도 벌레들에게 뜯어 먹힌다는 공포심 때문에 고통을

잠시 망각하고 있는 듯했다.

그가 있던 곳에서 절벽 가장자리까지는 불과 십여 장 거리인데 마치 수천 리는 되는 것처럼 멀게만 느껴졌다. 가도 가도 여전히 낙엽 습지였다.

미친 듯이 허우적거리며 앞으로 나아가던 그는 앞쪽 낙엽 더미에서 반짝이는 물체 하나를 발견했다.

"설인검(雪刃劍)!"

그것은 그가 분신처럼 지니고 다니던 가문의 보검인 단검, 즉 설인검이었다.

추락하는 와중에 놓친 모양인데 과연 그의 분신답게 보란 듯이 눈앞에 나타나 주었다.

설인검은 꼿꼿하게 선 채 손잡이 부분만 낙엽 위로 솟아 있었으나 기개세가 알아보지 못할 리가 없다.

그가 기쁜 마음에 설인검을 집어드니 묵직한 것이 하나 딸려 올라왔다.

원래 설인검은 떨어지면서 낙엽 더미 속에 있던 하나의 나뭇가지에 꽂혔다가 딸려 올라온 것이다.

나뭇가지는 다섯 자 정도 길이에 어린아이 손목 굵기였고 일직선으로 곧았다. 더구나 썩지 않아서 지팡이로 사용하기에 적당했다.

과연 분신은 분신이다. 잠시 주인 곁을 떠났지만 결코 빈손으로 돌아오지 않았다.

기개세는 설인검을 서둘러 품속에 갈무리하고 지팡이를 짚으며 다시 전진했다. 지팡이에 의지하니까 여태까지보다 속도가 훨씬 빨라졌으며 고통도 덜했다.

털썩!

"헉헉헉……."

그는 천신만고 끝에 낙엽 더미에서 빠져나와 절벽 근처에 이르러 그대로 주저앉았다.

부러진 뼈 때문에 온몸이 분해되는 고통을 느꼈으나 그보다는 낙엽 더미에서 빠져나왔다는 안도감이 더 컸다.

하지만 그대로 있을 수가 없었다. 몸에 붙어 있는 벌레들을 떼어내야 하는 것이 급선무다.

그대로 놔두면 정말 살 속으로 파고들지도 모르는 일이다. 아니, 필경 그리 될 것이다.

기개세는 급히 옷을 벗었다. 평소에는 아무것도 아닌 옷을 벗는 일이 지금처럼 중상을 당한 상태에서는 설명하기 어려울 만큼 힘들고 고통스러웠다.

간신히 옷을 벗고 몸을 훑어보니 몸 여기저기에 새카맣고 붉은 흉측한 것들이 잔뜩 달라붙어서 살을 물어뜯고 있었는데, 그중에 흡혈충처럼 생긴 것들이 피를 빨아 먹고 있는 광경이 보였다.

"이런 죽일 놈들……."

욕설을 퍼부으며 그것들을 떼어내는데 어떤 놈들은 악착

같이 살을 물고 있어서 세게 잡아당기자 목이 뚝 잘라지거나 살점이 뚝 떨어졌다.

몸 뒤쪽에 붙어 있는 것들은 절벽에 등을 밀착시켜서 짓이겨 죽이거나 지팡이를 이용해서 어렵게 떼어냈다.

그다음에 옷을 터니 벌레들이 후드득 무수히 떨어졌다. 옷을 뒤집어 일일이 다 잡아 죽인 다음에 옷을 입었다.

"아구구구, 나 죽는다."

참으로 희한한 일이다. 한바탕 죽을 고비를 넘기자마자 한동안 까맣게 잊고 있었던 온몸의 아픈 곳들이 일제히 고통을 쏟아냈다.

절벽에서 낙엽 습지 사이는 이 장 정도의 틈이 길게 이어져 있는데, 기개세는 절벽 아래쪽에 등과 뒷머리를 기대고 길게 늘어져 있었다.

독충이나 독물에 물린 것은 아닌지 걱정이 되기도 했으나 그보다는 잠시 쉬고 싶은 생각이 간절했다.

어차피 독에 중독됐다면 머지않아서 증세가 나타날 것이고, 그것은 그때 가서 대처하면 될 것이라고 생각했다.

어떤 결과가 나타날지도 모르는 상태에서 지레 안절부절 못하는 것은 자신만 손해라는 것이 평소 그의 지론이다.

지금처럼 절박한 상황에서 보듯이 그는 지나칠 정도로 낙천적인 성격이다.

그런 성격 역시 무창성 사람들이 그를 별종이라고 부르는 이유 중의 하나다.

　조금 한숨을 돌린 그는 절벽의 왼쪽을 쳐다보았다. 들쑥날쑥한 절벽이 길게 뻗어 있을 뿐 그 끝이 보이지 않았다. 오른쪽을 보자 그 역시 마찬가지다.

　직접 절벽을 따라가서 확인해 봐야 하지만 지금은 꼼짝도 할 수가 없어서 그러지도 못하는 처지다.

　그때 문득 그는 주위가 어두워지고 있는 것을 발견하고 밤이 오고 있다는 사실을 깨달았다.

　산중의 밤은 일찍 찾아온다. 더구나 이처럼 깊은 절곡 바닥은 더욱 빨리 어두워질 것이다.

　마음이 급해졌다. 캄캄해지기 전에 독충이나 독물, 그리고 무언지 모를 미지의 위험으로부터 자신을 지킬 수 있는 안전한 장소를 찾아야 한다는 생각이 들었다.

　그런데 그때 갑자기 그는 추위를 느꼈다. 오슬오슬 한기가 온몸을 엄습하면서 약간 어지럽기까지 했다. 그리고 입에서 비릿한 냄새가 솔솔 풍겨 나왔다.

　'제길… 중독된 것인가?'

　독충일지 독물일지 모르는 것들에게 수없이 물어 뜯겼으니 중독되지 않으면 오히려 이상할 터이다.

　그는 가끔 미혼향을 사용하긴 하지만 독은 한 번도 사용해 본 적이 없다.

　독을 싫어하기 때문이 아니라 사용할 만한 기회가 없었기 때문이다.

독을 써야만 할 상황이 있었다면 조금도 주저하지 않고 사용했을 것이다. 물론 독을 쓴 적이 없기 때문에 독에 대해서는 잘 모른다.

기개세는 자신이 중독된 것이 분명하다고 판단했다. 그는 주위를 두리번거리다가 그리 멀지 않은 절벽 앞에 두 개의 바위가 서로 기댄 형태로 안쪽에 작은 공간을 이루고 있는 듯한 곳을 발견하고 지팡이를 짚고 힘겹게 일어나 그곳으로 걸어갔다.

불과 삼 장 반 거리를 가는 데 반 각이나 걸렸다. 낙엽 습지에서 빠져나오는 것보다 더 더뎠다. 아마도 독이 퍼지고 있기 때문인 듯했다.

그가 알고 있는 독에 대한 얕은 상식으로는, 치명적인 맹독을 지닌 독충이나 독물에게 물리지 않은 이상 생명에는 지장이 없다.

하지만 독이 보약이 아닌 이상 어떤 형태로든 몸에 해를 끼치는 것은 당연하다.

더구나 그는 여러 마리에게 물렸으므로 재수가 없으면 목숨을 잃을 수도 있다.

그래서 한시바삐 안전한 장소에 자리를 잡고 운공조식으로 독기를 몰아내려는 생각이었다.

"헉헉헉……."

숨이 턱까지 차서 간신히 도착한 그곳은 생각보다 꽤 아늑
해 보이는 장소였다.

처음에 봤을 때는 두 개의 바위가 서로 기대어 있는 것처럼
보였는데 가까이서 보니 하나의 바위였다.

절벽에서 튀어나온 바위가 반월형으로 둥그렇게 울타리를
이루고 있는데, 안쪽에 폭 반 장 정도의 작은 공간이 있었고,
울타리를 이루고 있는 바위는 바닥에서 반 장 정도의 높이였
다.

그 안에 들어가 있으면 독물들이 침범하지 못할 듯했다. 물
론 날개가 달린 것들은 제외다.

그런데 문제는 반 장 높이의 울타리를 도대체 어떻게 넘어
가느냐는 것이다.

하지만 안으로 들어가지 못하면 밖에서 개죽음을 당할 수
도 있다는 생각이 들자 기개세는 앞뒤 잴 것 없이 울타리에
매달려 기를 쓰고 몸을 끌어올렸다.

반 장 높이면 기개세의 목까지 차는 정도인데, 그걸 넘지
못해서 수없이 미끄러지고 나뒹굴면서 처절한 고통에 비명을
질러야만 했다.

그러기를 반 시진여. 이미 주위는 캄캄해졌으며 기개세의
온몸에선 열이 펄펄 끓어 땀을 비 오듯이 흘렸고, 반대로 추
워서 이빨을 마구 마주치며 몸을 떨어댔다.

쿵!

“흐윽!”

반 시진 만에 기어코 바위 울타리를 넘은 그는 안쪽 공간에 묵직하게 떨어지며 애끓는 신음을 토해냈다.

정신이 가물가물했다. 떨어진 충격 때문이기도 하지만, 독기가 온몸에 퍼졌기 때문이기도 했다.

거센 바람 앞에 촛불이 심하게 흔들리면서 꺼지기 직전처럼, 그의 정신은 혼미함 속에서 마지막 한 가닥 가느다란 정신을 놓지 않으려고 바동거렸다.

‘운공을 해야 산다. 운공을……’

비몽사몽간에 처절하게 그 생각만을 안타깝게 곱씹어 속으로 중얼거렸다.

“으으……”

기개세의 말라비틀어진 입술 사이로 고통에 가득 찬 신음이 새어 나왔다.

그리고 그는 자신이 내뱉은 신음 소리에 놀라 정신을 차렸다.

눈을 뜨려고 하는데 눈꺼풀이 천근만근 무게로 짓눌러 떠지지가 않았다.

“우라질……”

욕이 저절로 튀어나왔다. 죽지는 않은 것 같은데 눈이 떠지지 않으니 답답하기 짝이 없는 노릇이다.

그는 자신이 혼절하기 전에 운공조식을 한 것 같은 기억을
떠올렸다. 그랬기 때문에 아직 살아 있는 것이라는 생각이 들
었다.

부러지지 않은 오른손을 들어 올렸다. 그런데 정신을 잃기
전보다 팔이 몇 배나 더 무거운 것 같았다. 팔이 움직여지는
것인지조차 느껴지지 않을 정도다.

퍽!

"윽."

눈을 비비려고 손을 눈 부위에 얹으려고 하는데 손이 눈 위
로 툭 떨어졌다. 그런데 쇠망치로 때리는 듯한 충격이라서 신
음이 흘러나왔다.

지나치게 화가 나고 답답하니까 욕도 나오지 않았다. 그는
그저 빨리 눈을 뜨고 싶다는 생각뿐이었다.

남의 손 같은 느낌의 손을 힘들게 움직여 눈을 비볐다.

'뭐… 야, 이건?'

그런데 이상한 감촉이 느껴졌다. 눈과 손이 전해주는 느낌
이 서로 다른 것이다.

눈은 손으로 비비는 느낌이 들었는데, 손은 눈이 아니라 무
슨 고깃덩어리를 만지는 듯한 느낌이다.

기개세는 계속 손으로 눈을 비벼댔다. 그런데도 그 느낌은
여전하다.

눈을 비비는 느낌은 있는데, 손은 눈이 아니라 두툼한 고깃

덩어리나 다른 물체를 만지는 느낌은 여전했다.

'어떻게 된 거지?'

그는 손을 떼고 오랜 시간이 걸려 간신히 몸을 일으켜 등을 바위에 대고 앉았다.

이어서 손을 들어 올려 엄지손가락과 검지를 이용해서 강제로 눈을 벌렸다.

"……."

그리고 그는 발견했다. 자신의 몸뚱이가 혼절하기 전보다 두 배 이상 퉁퉁 부어 있는 사실을.

'뭐… 뭐야, 이게?'

놀라는 바람에 강제로 눈을 뜨게 하고 있던 손이 툭 아래로 떨어지며 아무것도 보이지 않았다.

다시 캄캄해졌다. 하지만 방금 본 잔상이 아직 그의 망막에 생생하게 새겨져 있다.

다리와 몸통이 평소의 두 배 가까이 부은 모습이다. 얼마나 부었는지 옷이 찢어질 듯했다.

몸통이 그렇게 부었다면 얼굴도 마찬가지일 것이다. 이제 보니 눈이 떠지지 않는 이유는 눈꺼풀과 눈두덩이 너무 부어서 눈이 파묻혀 버렸기 때문인 것 같았다.

그것으로 한 가지 사실을 짐작할 수 있다. 목숨은 건졌으나 아직 독기가 몸 안에 남아 있다.

제일 먼저 머리를 스치는 생각은 체내의 독기를 배출하는 민간요법. 아니, 민간요법이라기보다는 지극히 단순하면서도 효과는 확실한 하오문도들의 방식이다.

방법은 간단하다. 뱃속에 들어 있는 것을 모조리 토해내고, 핏속의 독기를 배출시키는 것이다.

그는 우선 토하기 위해서 손가락을 입속에 쑤셔 넣었다.

평소의 손가락 굵기 세 배에 달하는 중지 하나를 최대한 목구멍 깊숙이 밀어 넣어 목구멍 여기저기를 쿡쿡 찔러댔다.

"우웩!"

어제 아침 식사를 한 것 이외에는 먹은 것이 없으므로 넘어오는 것은 누런 쓴물뿐이다.

그래도 멈추지 않고 계속 손가락을 쑤시며 마지막 한 방울까지 다 토해냈다.

눈물과 콧물, 그리고 입에서 누런 액체가 뚝뚝 떨어졌다.

"흐으… 하찮은 독충 새끼들이……."

비틀린 웃음을 지으면서 중얼거리며 품속에서 설인검을 꺼내 쥐었다.

사람에게 당하면 조금 덜 억울할 텐데, 미물인 독충에게 당했다는 사실이 못내 기분을 상하게 했다.

이번에는 피를 낼 차례다. 그렇다고 아무 곳이나 베어서는 안 된다.

자칫 굵은 핏줄이라도 잘못 건드렸다가는 중독이 아니라

피를 많이 흘려서 죽게 될 터이다.

그는 전혀 보이지 않는 상태에서 더듬거리며 설인검으로 손가락과 옆구리, 허벅지, 종아리의 굵은 핏줄을 피해서 조금씩 그어 피만 나오게 했다.

독충이나 독물에게 물리면 독이 핏줄을 타고 온몸으로 돌면서 체내의 각 기능을 마비시킨다는 것쯤은 기개세도 알고 있는 상식이다.

상처를 낸 네 군데에서 처음에는 빨간 피가 나오더니 잠시 후에는 거무튀튀하고 지독한 악취를 풍기는 끈적끈적한 액체가 꾸물꾸물 흘러나왔다.

그런 광경이 보이지는 않았지만 메스꺼움이나 어지러움이 조금씩 나아지는 것을 느끼고 하오문도의 방법이 통했다는 사실을 깨달았다.

기개세는 세 군데 더 작은 상처를 낸 다음에 사지를 늘어뜨린 채 그대로 있었다.

그러다가 깜빡 잠이 든 모양이다. 다시 깨어났을 때에는 눈을 뜨는 것이 몹시 힘들었으나 떠지긴 떠졌다.

몸을 살펴보자 붓기가 많이 가라앉았다. 아직 원래의 몸보다 많이 부은 상태지만 눈을 뜰 수가 있으니 살 것 같았다.

"우리 집 영감탱이, 많이 화났겠는데……."

그는 상황이 조금 나아지자 불쑥 부친을 떠올렸다. 그렇지만 화난 부친에게 혼나게 될 것을 걱정하는 것이 아니다.

부친은 성격이 불같고 한 번 화가 나면 물불 가리지 않는 성격이지만 기개세는 언제나 외눈 하나 까딱하지 않는다.

부친이 오랫동안 집에 들어오지 않고 있는 아들을 걱정하고 있으리라는 사실을 잘 알기에 그런 부친을 걱정하고 있는 것이다.

"엄마는 뭐……."

착하기만 한 모친. 성질 포악한 남편에게 무조건 순종하면서도 늘 미소를 잃지 않는, 그래서 많은 사람의 존경을 받고 있는 여인이다.

모친을 생각하자 그녀가 해주던 갖가지 맛있는 요리들이 눈에 삼삼하게 떠올랐다.

"배고프다."

나직이 중얼거렸으나 이런 곳에 먹을 것이 있을 리 만무하다. 그보다는 이 지옥 같은 곳을 빠져나갈 길을 찾는 것이 급선무다.

자세를 고쳐 앉고 다시 운공조식을 시작했다. 그가 어릴 때부터 해온 심법은 등룡신해(騰龍神解)라는 것으로, 부친이 가르쳐 주었으며 가문 대대로 전해 내려왔다.

기개세는 등룡신해가 어떤 심법인지 잘 모른다. 철이 들면서부터 부친이 무조건 익히라고 강요했으며, 하지 않으면 매를 때렸다.

기개세는 순전히 매가 무서워서 등룡신해를 익혔고, 그 덕분에 공력을 삼십 년 정도 지닐 수 있었다.

그런 처지였기에 등룡신해에 어떤 오묘함이 들어 있는지 진지하게 공부해 볼 생각조차 한 적이 없었다.

그의 공력이 더 이상 증진하지 않은 이유는, 십오 세 이후부터 심법을 익히지 않았기 때문이다. 즉, 그는 지난 삼 년 동안 한차례도 운공조식을 하지 않았다.

그는 십오 세 때 어떻게 하면 부친에게 매를 맞지 않을 수 있는지에 대한 방법을 터득했으며, 그때부터 운공조식을 하지 않은 것이다.

그랬는데 이곳에 떨어지고 나서 독기를 몰아내려고 삼 년 만에 처음으로, 그것도 자발적으로 비몽사몽간에 운공조식을 한 것이다.

그리고 이제 제정신을 차리고 나서 다시 두 번째 운공조식을 시작하고 있다.

운공조식을 하는 동안 메스꺼움이 조금씩 가라앉는 것이 느껴졌다. 또한 어지러움도 사라지면서 점차 정신이 맑아지는 것 같았다.

자신이 심법을 알고 있다는 사실이, 그리고 삼십 년의 공력을 갖고 있다는 사실이 지금처럼 다행스럽고도 고맙다는 생각을 예전에는 해본 적이 없었다.

그렇다고 이곳에서 빠져나간 이후 운공조식을 계속하겠다
는 뜻은 아니다.
그럴 리는 없겠지만, 나중에 재수없이 또 이런 곤경에 처하
게 되면 그때 가서 운공조식을 하면 될 일이다.

第四章

나는 죽지 않는다

“헉헉헉… 이런 염병할…….”

온몸의 기운이 쭉 빠진 기개세는 그 자리에 털썩 주저앉고 말았다.

“으윽…….”

그 바람에 부러졌던 뼈들이 온몸에서 아우성을 쳤다.

그러나 지금은 고통보다 허탈감이 더 크다. 낙천적인 성격의 그가 절망에 빠져 버렸기 때문이다.

지금 그는 절곡의 왼쪽 끝에 도달해 있다. 그곳은 절벽의 끝이며 그 끝이 빙 돌아서 반대편 절벽으로 이어져 있는 것이 눈앞에 펼쳐져 있다. 말하자면 절벽이 하나로 이어져 있는 것이다.

그는 이곳에 오기 전에 절곡의 오른쪽 끝에도 가보았었는데 이곳과 마찬가지였다. 그래서 한 가닥 희망을 품고 여기까지 온 것이다.

지금 그는 아픈 몸을 이끌고 거의 한나절 이상 절곡의 양쪽 끝을 확인하느라 초주검이 된 상태다.

어제 오후에 이곳에 추락했고, 지금은 늦은 오후쯤 되고 있으니 만 하루 이상 이곳에 갇혀 있는 것이다.

"우라질……."

벌렁 뒤로 누워버렸다. 독충이 아니라 독사가 덤벼든다고 해도 지금은 손가락 하나 까딱할 힘조차 남아 있지 않다. 그저 쉬고 싶을 뿐이다.

하지만 그가 누워 있는 곳은 낙엽 습지에서 삼사 장이나 뚝 떨어진 맨땅이다. 지난 하루 동안 지내보니 독충이나 독물들은 낙엽 습지 속에서만 우글거릴 뿐 밖으로는 거의 나오지 않는 듯했다.

'이러다가 여기에서 뼈를 묻는 것 아냐?

한순간 더럭 그런 생각이 들었다. 낙천적인 성격의 그이지만 인간인 이상 걱정되는 것은 당연한 일이었다.

하지만 걱정은 그리 오래가지 않았다. 천성적인 그의 낙천적 기질이 염세(厭世)보다 강한 것이다.

'낙천적' 이라는 것은 두 가지로 나뉘는데, 그저 손을 놓고 있으면서 막연히 '괜찮아. 좋아지겠지' 라고 여기는 것이 있는가 하면, 반면에 부지런히 몸과 정신을 활용하면서 자신의 낙천성을 유지하려고 애쓰는 사람이 있다. 기개세는 후자에 속한다.

"끙."

일각 정도 누워 있던 그는 힘겹게 상체를 일으켰다.

부러진 뼈들이 살과 장기를 찌르기 때문에 온몸이 조각나는 듯이 고통스러운 것은 처음보다 더 극심해졌는데, 오히려 고통은 덜 느껴졌다. 고통에 이력이 났기 때문일 것이다.

가부좌를 틀고 한차례 등룡신해를 운공하고 나자 아까보다 훨씬 심신이 상쾌해졌다. 그래 봤자 거기서 거기지만.

"좋아, 어디 한번 해보자."

그는 어금니를 악물며 지팡이를 짚고 몸을 부들부들 떨면서 일어서며 중얼거렸다.

이제부터는 양쪽의 절벽을 샅샅이 살펴볼 생각이다. 혹시 절벽 사이로 무슨 길이라도 있을지 모르는 일이다.

"에구구… 죽겠다."

기개세는 자신이 한동안 보금자리로 삼았던 절벽 아래 바위 울타리 안의 작은 공간에 이르러 다리에 힘이 풀려 주저앉으며 앓는 소리를 냈다.

다리 하나와 한쪽 팔로만 몸을 움직이려니 너무 힘이 들었고, 시간이 지날수록 부러진 뼈 때문에 고통이 이만저만이 아니었다.

온몸의 뼈가 죄다 부러졌다고 해도 과언이 아닌 상황에서 하루가 넘도록 몸을 너무 혹사시킨 대가를 치르기 시작하는 것 같았다.

지금이라도 부러진 뼈들을 최소한이라도 돌보지 않으면 굶어 죽기 전에 상처 때문에 죽을 것 같았다.

'부목을 해야겠다.'

무창성 건달들이나 하오문도들하고 어울리다 보니 궂은일이나 힘든 일을 하다가 팔다리가 몇 번인가 부러져 봤던 그라서 부러진 뼈에 부목을 대야 뼈가 제대로 붙는다는 사실을 잘 알고 있었다.

그는 한동안 쉬었다가 일어나서 부목을 할 만한 마땅한 나뭇가지를 찾아다녔다.

절벽 중간에 뿌리를 박고 있는 꽤 많은 나무들에게서 떨어져 나왔거나 절벽 위에서 흘러내린 나뭇가지들이 있어서 부목에 적당한 것을 찾는 일은 어렵지 않았다.

기개세는 일단 부러진 오른쪽 다리와 왼팔에 부목을 댔다. 상의를 찢어 이어서 부목을 댄 다리와 팔을 감았다.

그리고 품속에 있던 설인검은 다리의 부목에 찔러 넣어 보관했다.

어깨뼈와 갈비뼈가 부러진 것은 현재로선 어떻게 해볼 방도가 없다.

천이라도 칭칭 감아두면 좋겠지만, 그러려면 반바지마저 찢어야 하는데, 나중에 이곳을 탈출했을 때 속곳 하나만 달랑 입고 사람들 앞에 나서는 것이 싫었다.

하지만 그는 그런 생각이 사치라는 것을 오래지 않아서 깨달았다.

평소에도 남의 눈이라고는 의식하지 않던 그가 이런 상황에 처해서 무슨 속곳타령이란 말인가.

결국 그는 반나절이 지나기도 전에 반바지를 찢어 가슴과 어깨를 칭칭 동여맸다.

이어서 한차례 운공조식을 한 후에 다시 절벽 살피는 일을 계속했다.

팔다리에 부목을 대고 가슴과 어깨를 동여매자 지팡이를 짚은 채 걷고 움직이는 것이 한결 편해졌다.

뼈가 부러진 부위가 쿡쿡 쑤시고 결렸으나 부목을 하기 전의 고통하고는 비교할 수 없을 정도다.

그렇게 한쪽 절벽 끝부분까지 갔을 때 날이 어두워지기 시작하자 그는 서둘러 보금자리로 돌아왔다.

절곡을 아직 완전하게 파악하지 못한 상황에서 칠흑 같은 어둠 속을 돌아다니는 것은 위험한 일이라고 판단했다.

부목을 했다고 해도 반 장 높이의 보금자리 울타리를 넘는 일은 여전히 어려움과 고통이 따르는 일이었다.

가까스로 울타리를 넘고 한차례 온몸이 부서질 것 같은 고통을 겪은 후에야 편안히 몸을 누일 수 있었다.

하루 종일 돌아다녔던 탓에 몸이 아프지 않은 곳이 없다. 게다가 극심한 허기까지 기승을 부려서 잠이 쉽사리 올 것 같지 않았다.

하지만 그것은 기우에 그쳤다. 뒷머리를 바닥에 붙이자마자 코를 골며 깊은 잠에 빠져들었다.

무엇인가 머리 둘레를 찌르는 듯한 아픔에 기개세는 잠에서 깨어났다.

눈을 뜨려고 했으나 떠지지 않았다. 순간적으로 '또 몸이 부은 것인가?' 하는 생각이 들었다.

그런데 날카로운 꼬챙이로 머리 둘레를 찌르는 듯한 아픔과 같은 부위를 짓누르는 듯한 압박감이 있다. 그것 때문에 눈을 뜰 수 없는 것 같았다.

끄으…….

그런데 그것도 잠시, 괴이한 소리와 함께 머리가 어디로 딸려 들어가는 느낌이 들었다.

'뭐, 뭐야, 이거?'

원래 고통이란 가장 큰 것이 제일 먼저 느껴지고 그다음부터 순서대로 느껴지는 법이다.

그것에 입각하여, 그는 머리에 이어서 온몸이 부서지는 듯한 극심한 고통을 느꼈다. 무엇인가 몸을 거세게 죄고 있는 것 같았다.

그런데 입이 막혀서 신음이 나오지도 않았다. 머리 전체가 무엇인가에 빨려 들어가는 중이므로 코와 입이 막힌 것은 당연했다.

당연히 숨을 쉴 수가 없다. 사람을 죽이는 방법이 수백 가지가 된다고 해도 가장 빠르고 확실한 방법은 질식사다.

그는 굶는 것도, 부상 때문에도 아닌, 이유도 모른 채 졸지에 질식사하게 생겼다.

그렇지만 정체를 알 수 없는 무엇인가에게 공격당하고 있는 것만은 분명했다.

'어쩌면?'

퍼뜩 떠오르는 생각이 있다. 자신이 지금 공격당하고 있는 괴물체에게 잡아먹히고 있는 중일지도 모른다는 생각이다.

그런 생각이 들자 낙천적인 성격도, 무창성의 별종도 죽음 앞에서는 다급할 수밖에 없다.

기개세는 버둥거렸다. 그러나 꼼짝을 할 수가 없다. 두 팔도, 두 다리도 무엇인가에 칭칭 감겨져 있었다.

움직일 수 있는 것은 왼손 손목과 오른손 팔꿈치 아래, 그리고 발목 아래뿐이다.

그때 꿈틀거리던 기개세의 오른손 손가락 끝에 차가운 감촉이 느껴졌다.

왼발 허벅지 부목에 차고 있던 설인검이다. 몸이 오그라들면서 오른손이 왼발 허벅지에 닿은 것이다.

점점 숨이 막혀서 더 이상 견딜 수 없는 지경에 이르렀다.

설인검이 손에 닿은 것은 기개세의 마지막 기회다. 만약 그 기회를 살리지 못해서 괴물체를 처치하지 못하면 기개세는 두 번 다시 세상 구경을 하지 못하고 괴물체의 먹이가 되고 말 것이다.

다행히 오른손은 팔꿈치 아래로 자유로운 상태다. 그러나 손목만을 이용해서 설인검을 뽑는 것이 그리 쉽지 않았다.

괴물체는 그의 머리에 이어서 어깨를 빨아들이기 시작했다.

또한 쉽게 삼키기 위해서 그의 몸통을 더 작게 만들려고 여태까지보다 더 세게 조였다.

우드득.

뼈가 부러지는 소린지 조이는 소린지 알 수 없는 소리가 그의 몸에서 흘러나왔다.

그때 간신히 설인검이 뽑혔다. 그즈음 기개세는 숨을 쉬지 못해서 정신이 아득해지고 있는 중이다.

그때부터는 거의 본능적인 행동이다. 오른팔 팔꿈치 아래만 움직일 수 있기 때문에 설인검이 닿는 가장 가까운 거리에 있는 괴물체의 몸통을 찔렀다.

푹!

설인검이 깊숙이 꽂히자마자 검을 마구 휘저었다. 쇠를 무 처럼 자르는 명검인 설인검이 괴물체의 뼈와 살을 짖이기듯 자르고 도막냈다.

그러자 기개세의 몸 전체를 옭죄고 있던 괴물체가 뚝 움직 임을 멈추었다. 물론 잔뜩 좁아진 어깨를 삼키기 시작하던 동 작도 정지했다.

다음 순간 괴물체가 요동을 치기 시작했다. 문제는 여전히 기개세의 몸을 휘감은 상태라는 것이다.

'이 염병할 놈!'

그는 아스라이 꺼져 가는 정신 속에서도 욕을 퍼부으며 설 인검을 뽑아 다른 곳을 찌르고 또다시 휘저었다.

잠시 후 조이던 허리 아래쪽이 느슨해지더니 완전히 자유 로워졌다.

기개세는 이번에는 자신의 머리를 삼키고 있는 쪽을 향해 설인검을 뻗었으나 검이 닿지 않았다. 그래서 어깨와 양팔을 조이고 있는 몸통을 찌르고 휘저었다.

이윽고 괴물체의 힘이 풀어지더니 마치 칭칭 묶여 있던 밧 줄에서 풀려나는 것 같은 해방감이 찾아들었다.

그러나 그의 머리는 여전히 괴물체의 입속에 들어가 있는 상태다. 숨을 쉬지 못해서 가슴은 터질 것 같고, 정신은 아득 해져 갔다.

이런 상황에서는 귀식대법을 전개하면 한 시진 정도 숨을

쉬지 않고도 너끈히 견딜 수 있는데, 너무 창졸간이라서 미처
생각해 내지 못했다.

상체가 자유로워지자 이번에는 오른팔을 들어 올려 머리
위를 찔렀다.

푹!

드으윽!

몸통을 깊이 찌르고 한쪽으로 그었다가 다시 반대쪽으로
그어 완전히 잘라 버렸다.

그러자 그곳의 좁은 틈새로 약간의 공기가 새어들어 찌그
러진 코와 입속으로 흘러들었다.

설인검을 바닥에 내려놓고 손으로 목을 더듬자 괴물체의
주둥이 끝부분과 날카로운 이빨이 만져졌다.

주둥이 양쪽의 두 개의 이빨은 손가락 하나 길이였고 끝은
표창보다 더 날카로웠다. 기개세의 턱이 아니었으면 그 이빨
이 목을 꿰뚫었을 것이다.

그는 다시 설인검을 집어들고 괴물체의 주둥이 끝부분을
조심스럽게 잘랐다.

투둑.

이어서 이빨이 얼굴을 긁지 않도록 조심하면서 마치 모자
를 벗듯 천천히 위로 벗겨냈다.

"후아! 콜록! 콜록! 캑캑캑!"

억압에서 풀려난 그는 몸을 뒤채면서 크게 숨을 몰아쉬고

기침을 하는 등 오두방정을 떨었다.

한참 후에 겨우 정신을 수습하고 나서 제일 먼저 느낀 것은 역한 피비린내다.

"으으… 어떤 개자식이 나를……."

힘겹게 상체를 일으키던 기개세의 얼굴에 경악지색이 가득 떠올랐다.

그의 눈앞에 피투성이가 되어 나뒹굴어 있는 것은 개자식이 아니라 뱀 자식이었다.

아직도 피가 꾸물꾸물 흘러나오는 뱀의 몸통은 여전히 기개세의 몸을 휘감고 있었다.

그런데 뱀의 굵기가 기개세의 허벅지 굵기쯤 되는 무척 거대한 구렁이였다.

"이런 염병할 미물이 어디에서 감히 사람을 먹으려고!"

그는 불끈 울화가 치밀어 허우적거리면서 죽은 구렁이 몸통 속에서 빠져나왔다.

문득 그의 시선이 한곳에 멈추었다. 구렁이의 머리인데, 주둥이 콧등 부위가 두 쪽으로 반 뼘쯤 잘라져 있었다.

머리는 기개세의 주먹 정도밖에 안 되는 크기인데 사람을 삼키려 했다는 사실이 믿어지지 않았다. 실제로 구렁이는 기개세의 머리까지 삼키지 않았던가.

절곡 내에 어둠이 걷히면서 바닥에 자욱하게 깔린 짙은 운무가 드러나고 있었다.

기개세는 절곡에 추락 후 두 번째의 아침을 거대한 구렁이의 아가리 속에서 맞이했다.

두 번째 날엔 반대편 절벽을 끝에서 끝까지 샅샅이 뒤졌으나 결과는 이 절곡의 절벽이 온통 하나로 연결됐다는 사실만 확인했을 뿐이다.

"어이~!"

보금자리에 도착한 기개세는 두 손을 동그랗게 모아 입에 대고 절곡 위를 향해 있는 힘껏 외쳤다.

"거기 위에 누구 없느냐?"

'없느냐… 없… 느… 냐… 없… 느… 냐…' 라는 명향(鳴響: 메아리)만 약 올리듯이 들려왔다.

"야아! 누구라도 있으면 대답해라, 후레자식아!"

'후레자식아… 후… 레… 자… 식… 아…' 하며, 절곡이 기개세더러 후레자식이라고 놀릴 뿐이다.

"젠장할! 배고파서 뒈지겠네."

하루 종일 쉬지 않고 절벽을 살피고 또 살폈더니 온몸이 아프지 않은 곳이 없었다.

그러나 그보다는 뱃가죽이 등짝에 달라붙은 극심한 허기가 더 견디기 어려웠다.

그는 힐끗 보금자리 안쪽을 들여다보았다. 이른 새벽에 도막을 내서 죽인 구렁이가 그대로 방치되어 있었다.

꿀꺽!

이곳에 있는 독물이나 뱀 따위는 절대로 먹지 않겠다고 했던 그는 부지중 침을 삼켰다.

그는 잠시 더 구렁이 시체를 쳐다보다가 유혹을 이기지 못하고 결국 울타리를 넘어갔다.

"불을 피워서 구워 먹으면 괜찮을 거야. 굶어서 죽는 것보다는 낫지 않겠어?"

쿵!

"윽!"

울타리를 넘어 다니다가 나뒹구는 고통은 조금도 나아지지 않았지만, 곧 구렁이 고기를 먹을 수 있다는 사실 때문에 이번만큼은 견딜 만했다.

그러나 설인검을 쥐고 구렁이 시체로 다가들던 그는 곧 오만상을 찌푸리면서 물러나야만 했다.

구렁이를 먹으려면 아침에 먹었어야 했다. 한여름 깊은 절곡 속의 습기 가득한 찜통 무더위는 불과 반나절 만에 구렁이 시체를 부패시키기에 충분하다.

기개세가 들여다본 구렁이 시체 속에는 벌써 구더기들이 새하얗게 바글바글 들끓고 있었다. 그뿐 아니라 수많은 벌레들이 만찬을 벌이고 있는 중이었다.

"우욱!"

비윗살 좋은 기개세지만 그 광경을 보고는 속에서 똥물까지 토해내고 말았다.

토하느라 눈물을 흘리면서 자신이 죽으면 저렇게 되겠구나 하는 생각이 들었다.

그런데 문제가 하나 생겼다. 이제는 보금자리에서 잘 수 없게 되었다는 사실이다.

구렁이 시체를 밖으로 내버리는 것도 힘든 일이지만, 그렇다고 해도 그대로 보금자리에서 자다간 언제 또 구렁이나 다른 짐승들의 습격을 받을지 모르는 일이다. 두 번 다시 그런 끔찍한 경험은 하고 싶지 않았다.

그래서 다른 곳을 찾아보기로 했다. 절곡에서 금세 빠져나갈 수 있을 것이라고 생각했는데, 사정이 여의치 않게 되었으니 이제는 며칠이라도 안전하게 지낼 수 있는 장소를 찾을 수밖에 없다.

그렇다면 이번에는 절곡 바닥이 아닌 조금 높은 곳이 좋을 듯했다.

지난 이틀 동안의 경험에 의하면 한 시진쯤 후에는 어두워질 것이다.

그때부터 절곡의 온갖 생명체들이 활동을 개시한다. 그러니까 그전에 새로운 보금자리를 찾아야 한다.

셀 수도 없이 많은 독충과 독물들이 우글거리는 속에 혼자 버려지지 않으려면.

하마터면 그곳을 발견하지 못할 뻔했다.

바닥에서 일 장 반 높이의 절벽에 한 그루 나무가 뿌리를 박고 옆으로 뻗었다가 아래를 향하여 무성한 나뭇잎으로 가리고 있어서 나무 뒤에 있는 구멍이 여간해서는 눈에 띄지 않았다.

기개세는 그곳을 좀 더 자세히 보려고 이리저리 부지런히 위치를 바꿔가면서 살펴보았으나 나뭇잎 때문에 잘 보이지 않았다.

다만 그곳에 동굴 같기도 하고 그저 움푹 들어간 구멍 같기도 한 것이 있다는 정도만 식별할 수 있었다.

바닥에서 그곳까지는 수직으로 솟은 매끄러운 바위여서 구렁이는커녕 독물들도 오르지 못할 듯했다.

험지면 험지일수록 좋다. 그만큼 안전하다는 뜻이다. 반면에 기개세가 오르내리는 것이 만만치 않을 것이다. 하지만 힘든 것보다는 안전이 최우선이다.

기개세는 그곳에 올라가기로 결정하고 설인검을 뽑아 절벽을 파내기 시작했다. 손으로 잡을 곳과 발을 디딜 곳을 계단처럼 만들기 위해서다.

원래 바깥세상에서 그는 거의 모든 일을 똘마니들에게 시키고 자신은 손가락 하나 까딱하지 않았었다.

그런데 이곳에서는 아무리 작은 것이라도 하나에서 열까지 모두 그가 직접 하고 있다. 시킬 똘마니가 없고, 하지 않으면 살아남지 못하기 때문이다.

무쇠처럼 단단한 암벽이지만 설인검 앞에서는 두부처럼 쉽게 잘라졌다.

팍팍팍!

그는 암벽을 깎아내다가 이런 식으로 계속 올라간다면 절벽을 빠져나갈 수도 있지 않을까 하는 생각을 하고 위를 올려다보았다.

그런데 하늘이 보이지 않았다. 다만 수백 장 높이에 짙은 운무가 덮여 있었다.

이런 식으로 파면 운무까지 올라가는 데 족히 몇 달은 걸릴 것 같았다.

그러나 절벽은 운무가 끝이 아니라 그 위로 더 솟아 있을 것이다.

파면서 올라가는 도중에 지쳐 버리거나 아니면 추락해서 죽을 가능성이 컸다.

"그럴듯한데? 나중에 해봐야겠군."

그런데도 기개세는 히죽 웃으면서 중얼거리고는 하던 일을 계속했다.

암벽을 파낸 곳에 왼발로 딛고, 위쪽의 파낸 곳에 부목을 댄 왼손을 찔러 넣어 붙잡고는 매달린 듯한 자세로 오른손의 설인검으로 더 위쪽을 파면서 아주 느리게, 그러나 열심히 위로 올라갔다.

왼팔이 부러졌기 때문에 왼손 손가락에 힘을 주는 것은 왼팔이 파열되는 듯한 극심한 고통이 따르는데도 그는 별로 얼굴을 찡그리지도 않고 묵묵히 암벽을 팠다.

원래 그는 참을성이 없는 편이다. 그러나 실제로는 누구도 섣불리 흉내 내지 못할 만큼 강한 인내심의 소유자다.

오랫동안 건달이나 하오문도들과 어울리다 보니 실제의 성격이 감춰지고 만들어진 성격이 진짜 성격인 것처럼 드러났던 것뿐이다.

이곳은 무창성도 아니고, 건달이나 하오문도들도 없이 오로지 기개세 혼자뿐이다.

이곳에서 살아 나가려면 인내심과 집념이 필요하다는 사실을 그는 몸으로 터득하고 있는 중이었다.

손가락이 터져서 피가 흐르고 왼팔이 떨어져 나갈 듯이 아팠으나 그는 끝끝내 나무가 있는 곳까지 오르고서야 탈진해서 그 자리에 길게 늘어졌다.

"헉헉헉! 우라지게 힘들군. 헉헉!"

힘든 것도 힘든 것이지만 온몸이 아프지 않은 곳이 없었다.

"헉헉… 도대체 얼마나 더 이런 개지랄을 해야 하는 거지?"

헐떡이던 그는 갑자기 오만상을 찌푸리면서 고개를 옆으로 돌리고 구토를 했다.

"우웩! 웩!"

넘어올 것이 없기 때문에 창자를 끄집어낼 것처럼 헛구역질을 해댔다.

"으으… 빌어먹을… 독이 또 발작을 하는군."

그의 삼십 년 공력으로는 체내에 있는 독을 몸 밖으로 몰아낼 수 없다. 단지 발작하지 않도록 일정한 시간 동안 묶어두는 것뿐이다.

그 시간이 지나기 전에 다시 운공조식을 해야 하는데 때를 놓쳐서 발작이 시작된 것이다.

지금이라도 운공조식을 하면 발작하는 독을 가라앉힐 수 있지만 그러지 않으면 심각한 상황을 초래할 수도 있다.

치명적인 독이 아니더라도 방치하면 치명적이 되는 법이다. 개미구멍이 거대한 제방을 무너뜨리는 이치와 같다.

"끙… 뭐 하나 괜찮은 것이 없군. 염병."

그는 몸을 부들부들 떨면서 겨우 일어나 앉아 한차례 운공조식을 하고 나서야 괜찮아졌다.

아래에서 봤던 대로 나무 뒤에는 동굴이 하나 있었다. 입구는 좌우가 다섯 자, 높이가 겨우 넉 자 정도로 아주 좁았다. 그래서 아래쪽에서는 잘 보이지 않았던 것이다.

기개세는 몸을 잔뜩 낮추고 턱을 바닥에 대다시피 한 자세로 동굴 안을 들여다보았다.

빛이 스며드는 이 장 정도만 보일 뿐이지만 좁은 입구에 비해서 안은 제법 넓은 듯했다.

"호오, 그럴듯한데?"

그 정도면 동굴 안에서 살림을 차려도 되겠다 싶어서 엎드린 자세로 기어서 들어갔다.

반 장쯤 들어가다가 무릎을 꿇고 기었고, 또 반 장을 더 들어가서는 일어설 수 있었다.

"어, 쓸 만하군."

둘러보니 천장은 키보다 두어 뼘 이상 높았고, 전체적으로 방 하나 정도의 공간이라서 흡족한 미소가 절로 피어났다.

동굴 벽을 천천히 살펴보았다. 습기도 없고 벌레 같은 것도 없었다.

"좋아. 여기로 정했다."

고개를 끄덕이면서 한 가지 계획을 세웠다. 절곡 바닥에서 동굴 입구까지 올라온 것처럼, 동굴 입구에서부터 위로 차근차근 계단을 파낼 생각이다.

먹을 것은 낙엽 습지 속을 뒤져서 찾아낼 것이다. 독물이 아닌 것을 잡아서 불을 피워 구우면 괜찮을 터이다.

한 달이 걸리든 일 년이 걸리든 기필코 해낼 각오다. 아직 십칠 년밖에 살지 못했는데, 이런 산간 오지에서 아무도 모르게 죽는다는 것은 너무나 억울해서 죽어서도 눈을 감지 못할 것이다.

"벽검문이라고 했지? 기다려라, 이놈들."

이곳에서 나가기만 하면 자신을 추락하게 만든 벽검문 문하 제자들에게 수단과 방법을 가리지 않고 복수를 할 생각을 하자 없던 힘이 절로 났다.

"응?"

동굴 벽면을 살피던 그는 무엇인가 발견하고 뚝 걸음을 멈추고는 얼굴을 벽면으로 가까이 가져갔다.

그곳에는 바닥에서 천장까지 세로로 길게 이어진 좁은 틈이 나 있었다.

그리고 틈 안쪽으로부터 선선한 공기가 느끼기 어려울 정도로 아주 조금씩 흘러나왔다.

틈은 몸을 옆으로 하면 들어갈 수 있을 듯했다. 기개세는 지체없이 틈새로 몸을 밀어 넣었다.

호기심은 그를 지탱해 주는 여러 원동력 중의 하나다. 왕성한 호기심을 충족시키지 못하면 아마 그는 화병을 앓다가 죽을 것이다.

그는 마른 체구라서 틈새를 통과하는 것이 어렵지 않았다.

틈새는 반 장 정도 이어졌고, 그 너머는 캄캄해서 아무것도 보이지 않았다.

틈새의 벽을 한 손으로 짚은 채 조심스럽게 왼발을 앞으로 내밀어 바닥을 디뎠다.

아래로 약간 경사가 진 듯했으나 심하지는 않은 것 같아 오른발마저 내디뎠다.

미끈!

“헛!”

그런데 오른발이 바닥에 닿기도 전에 왼발이 앞으로 쑥 미끄러지면서 발끝이 허공을 향하며 몸이 기우뚱 뒤로 넘어갔다.

부러진 왼발에는 힘을 줄 수가 없어서 살짝 딛기만 하고 재빨리 오른발을 옮겨와서 중심을 잡으려고 했는데, 경사가 생각보다 심했던 것이다.

쿵!

촤아아!

“어엇?”

엉덩방아를 찧었다 싶은 순간 어떻게 해볼 새도 없이 아래로 미끄러져 내렸다.

“으어어… 와앗!”

멈출 수가 없다. 그리고 속도가 점차 빨라졌다. 손으로 잡을 수 있는 것이 없기 때문이고, 갈수록 경사가 가팔라졌다.

“이… 이런 염병할……!”

겨우 마음에 드는 보금자리를 찾았나 했더니 바로 그 순간에 악운이 따를 줄은 상상도 하지 못했다.

촤아아아—!

경사는 끝날 줄을 몰랐고, 점점 더 가팔라져서 나중에는 아예 수직에 가까워졌다.

　게다가 아무것도 보이지 않는 암흑이라서 어떻게 해볼 재간이 없다.
　말 그대로 주판지세(走坂之勢)다. 이대로 추락하다가는 맨 밑바닥이 무엇이든 간에 충돌하면 결코 목숨을 부지하기 어려울 것이다.
　그렇게 스무 호흡 가까이 속수무책으로 추락했다. 아무리 위험지경에 처했어도 그 시간이 길어지면 사람이란 생각을 하게 마련이다.
　'그렇지! 설인검!'
　생각이 미치자마자 즉시 설인검을 뽑아서 오른손으로 잔뜩 움켜쥐고 몸을 비스듬히 틀어 머리 위쪽 바닥을 있는 힘껏 찔렀다.
　팍!
　카가가각!
　"으악!"
　쏜살같이 추락하는 중에는 무게중심이 온통 아래쪽으로 쏠리고, 평소 자신의 무게보다 대여섯 배 이상의 무게를 지니게 마련이다.
　그런 상황에서 머리 위 바닥에 설인검을 찔렀으니 순간적으로 팔이 끊어져 나가는 줄 알았다.
　그가가각!
　그러나 머리 위에서 설인검이 바닥을 긁는 소리가 계속 들렸고, 그것으로 아직 팔이 끊어지지 않았다는 사실을 알 수 있었다.

가가가각!

촤아아!

"으아아—!"

설인검이 바닥을 긁는 소리와 추락하는 소리, 그리고 애간 장을 끓이는 듯한 비명 소리가 암흑 속에서 울려 퍼졌다.

그리고 그 소리는 명향이 되어 되돌아왔으며, 여러 소리가 한데 뒤섞여 마치 저잣거리를 방불케 했다.

한 가지 다행스런 사실은 설인검으로 바닥을 긁는 행동으로 추락하는 속도가 현저하게 늦춰졌다는 것이다.

하지만 그렇다고 해도 여전히 빠른 속도다. 게다가 잠시만 지나면 설인검이 자꾸 뽑혔고, 그때마다 다시 온 힘을 다해서 바닥에 꽂아댔다.

"빌어먹을! 내 팔자가 왜 이렇게 꼬이는 거냐? 아아악!"

계집애 하나에게 복수를 하고 작은 통쾌감을 얻은 대가치고는 너무나 가혹했다.

깊이가 얼만지 가늠하기조차 어려운 절곡에 추락하여 생 고생을 한 것으로도 모자라서 이제는 땅속으로 하염없이 떨어지고 있으니 팔자가 아니라 천지신명을 갈가리 찢어 죽이고 싶은 심정이다.

"……"

그때 거의 수직에 가깝던 바닥의 경사가 약간 완만해지면서 속도가 조금 느려졌다.

경사가 조금만 더 완만해지면 좋겠다는 생각을 하고 있을 때 그 생각을 비웃기라도 하듯 경사가 끝났다.

쿵! 퍼퍼퍽!

"으악!"

기개세의 몸은 맨 밑바닥에 무지막지하게 충돌하면서 가속력 때문에 허공으로 튕겨 올랐다가 바람개비처럼 회전하면서 다시 하강하며 바닥에 여러 차례 충돌했다.

그러나 그는 조금도 고통을 느끼지 못했다. 처음의 충돌로 이미 정신을 잃어버렸기 때문이다.

第五章

천검신문(天劍神門) 구대문주(九代門主)

대사부

정말 몸서리쳐지도록 끈질긴 목숨이다. 사람의 목숨이라
는 것이 너무도 쉽게 어이없이 끝장날 수도 있지만, 어떨 때
는 쇠심줄보다 질기기도 하다.

그러나 기개세의 운은 겨우 목숨만 붙여주고는 한 발자국
뒤로 물러섰다.

정신을 차린 그는 눈을 뜨기도 전에 실로 무시무시한 고통
을 맛봐야만 했다.

절곡에 추락하고 나서 경험했던 여러 고통은 지금 것에 비
하면 조족지혈이라고 할 수 있었다. 아예 그때의 고통이 그리
울 정도다.

오죽했으면 세상에 태어나서 처음으로 '죽고 싶다' 라는 생각이 절실하게 들었겠는가.

그의 오른손에 설인검이 쥐어져 있었다면, 그리고 팔을 들어 올릴 힘만 남아 있었다면 서슴없이 스스로의 목을 잘라 죽음을 선택했을 것이다.

그 정도로 그가 정신을 차린 직후 휘몰아쳐 온 고통은 극심한 것이었다.

자신이 어떤 자세로 어디에 처박혀 있는지도 알 수가 없는 상태다.

또한 어디가 어떻게 아픈지도 모른다. 그저 처절하게 고통스러울 뿐이다.

어째서 깨어난 것인지 원망스러웠다. 정신을 잃은 상태에서 그대로 숨이 끊어져 버렸으면 이런 고통을 느끼지 않아도 좋지 않았겠는가.

무창성의 별종인 기개세가 그런 생각을 하게 될 줄은 정말 몰랐다.

결국 그는 고통을 이기지 못하고 온몸을 부들부들 떨다가 다시 혼절하고 말았다.

이곳 이름 모를 곳에 추락한 이후 기개세가 두 번째로 깨어났을 때, 마치 기다리고 있었다는 듯이 온몸을 휩쓴 고통은 첫 번째 느꼈던 것과 별반 다르지 않았다.

다른 것이 있다면, 첫 번째에는 눈조차 뜨지 못했으나 지금은 눈을 뜰 수 있다는 것과, 아주 조금씩이나마 몸이 움직여진다는 사실이다. 시간이 흘렀으니 기력이 자연적으로 약간 회복된 것이다.

그러나 코끝조차도 보이지 않는 칠흑 같은 어둠 속이라서 눈을 뜨나 감으나 조금의 차이도 없었다.

"으으……."

아까하고 달라진 것이 하나 더 있다. 메말라 비틀어진 입술 사이로 미약한, 그러나 고통으로 짓이겨진 신음이 흘러나오고 있다는 점이다.

그렇게 그는 오랫동안 운명으로부터 유기된 채 끔찍한 고통과 외로운 사투를 벌여야만 했다.

실로 놀라운 것은 인간의 적응력이다. 죽어서는 몸뚱이를 자연에 돌려줌으로써 적응을 하고, 살아서는 주변의 그 어떤 환경하고도 차츰 적응을 해가는 것이다.

오랜 시간이 흐르자 기개세는 어느덧 고통에 아주 조금쯤 적응을 했다.

그렇다고 고통의 강도가 약해졌다는 것은 아니다. 육체적으로 느끼는 고통은 변함이 없는데, 정신이 그것을 조금씩 극복하고 있다는 뜻이다.

"으으… 빌어먹을… 목말라 죽겠다……."

역시 그의 입에서 제일 먼저 튀어나온 말은 욕이다.

그러고 보니 그는 절곡에 추락, 아니, 구화산에 오르기 훨씬 전부터 물 한 방울 입에 대지 않았다.

몸의 일부분이 떨어져 나갔는지 박살이 났는지 알 수가 없는 상태다.

그는 오른손을 더듬고 왼발 끝을 까딱거려서야 자신이 엎드린 자세로 뺨을 차가운 돌바닥에 대고 있다는 사실을 깨달았다.

"클클클… 아직 살아 있는 걸 보면… 운은 여전히 내 편인 모양이로군."

고통에 적응만 한 것이 아니라 잠시 잊고 있던 낙천성도 되살아났다.

예전의 그는 절망이라는 것을 한 번도 한 적이 없으며 지금도 마찬가지다.

아까는 차라리 죽었으면 좋겠다는 마음을 잠시나마 품었으나 지금은 무슨 일이 있어도 살아남아 이곳을 벗어나야겠다는 생각뿐이다.

'우선 어떻게든 물부터 찾아서 마시고 다음 일은 그때 가서 생각하자.'

그렇게 생각하고 조금씩 몸을 움직이기 시작했다. 그래 봐야 벌레처럼 꿈틀거리면서 아주 천천히 기는 수준이다.

한쪽 방향을 향해 기면서 손바닥으로 바닥을 더듬어보니 단단하기 이를 데 없는 돌이고 옥처럼 매끄러웠으며, 습기라고는 전혀 없었다.

아무것도 보이지 않았으며, 아무 소리도 들리지 않았고, 아무 냄새도 나지 않았다. 그저 바닥의 차갑고도 단단한 돌의 느낌뿐이다.

"헉헉헉……."

한 시진 동안 꿈틀거리면서 기었으나 이 장 남짓 이동한 것이 전부다.

엎드려서 숨을 고른 후에 다시 기어가기 시작했다. 죽으면 기고 싶어도 못 긴다. 할 수 있을 때, 살아서 숨을 쉴 때 사력을 다하자고 기개세는 기면서 생각했다.

사람은 밥을 먹지 않고 보름 이상 견딜 수 있어도 물 없이는 길어야 사흘이다.

바깥세상에서는 그렇게 흔하던 물이 이처럼 소중할 줄은 몰랐다.

어디 물뿐이겠는가? 바깥세상에서 흔하던 것들은 이곳에서 모두 귀하고, 지겹던 부친마저도 보고 싶었다.

"조… 좋아… 누가… 이기나… 해… 보자… 우… 라질……."

그는 기다가 죽어도 좋다는 심정으로 기었다. 어딘가에 숨어서 지켜보며 키득거리고 있는 운명이라는 놈에게는 절대로 지고 싶지 않았다.

기다가 기진맥진하면 쉬고, 한 움큼의 기력이 생기면 다시

기기를 수없이 반복했다.

온통 캄캄하니까 시간이 얼마나 흘렀는지도 알 수 없다. 앉아서 운공조식을 할 기력도 없다. 그럴 기력이 있으면 한 치라도 더 기고 싶었다.

지금 심정 같으면 나중에 어떻게 되든지 간에 절곡의 낙엽습지 속에 고여 있는 썩은 물이라도 배 터지게 실컷 벌컥벌컥 들이마시고 싶은 심정이었다.

쿵!

그때 굼틀거리며 기어가던 그의 머리가 무언가 단단한 물체에 부딪쳤다.

고개를 숙인 채 기었기 때문에 이마가 아니라 정수리가 부딪쳐서 충격 때문에 순간적으로 정신이 아득해졌다.

얼마나 기력이 없는지 신음을 토해내지도 못했다. 단지 오른손을 앞으로 뻗어 더듬거릴 뿐이다.

손으로 만져 본 바에 의하면, 머리에 부딪친 것은 돌인데 바닥에서 한 자 정도 높이이고, 그 안쪽은 아래쪽으로 완만하게 경사가 졌다.

또한 그것은 마치 접시 모양인데, 일반 가정집에서 사용하는 접시 중에서 가장 큰 접시보다 열 배 이상 큰 듯했다.

접시 모양이라면 혹시 그 안에 물이 고여 있지 않을까 하는 생각이 스치자마자 어디에서 기운이 솟았는지 결사적으로 한 자 높이 접시의 가장자리 위로 상체를 끌어 올렸다.

“헉헉헉…….”

그 간단한 동작을 하는 데에만 일각 이상이 걸렸다.

일단 가장자리에 어깨를 올려놓는 데 성공하자 오른손을 한껏 아래로 뻗으며 더듬거렸다.

접시 모양이라면 바닥이 있을 것이다. 그리고 거기에는 물이 고여 있을 터이다.

그런 상상과 기대를 하면서 손가락으로 돌바닥을 긁으며 조금씩 아래로 향했다.

찰박.

그때 손가락 끝에 무엇인가 느껴졌다. 그리고 귀에 익은 소리도 들렸다.

손가락에 느껴진 것은 물의 감촉이고, 소리는 물이 튀는 것이 분명했다.

‘물이다.’

기개세는 물이 없어지기라도 하듯 오른손으로 물을 움키면서 미친 듯이 머리를 접시의 아래쪽으로 끌어내렸다.

그 순간 괴이한 일이 벌어졌다.

스으으…….

원래 접시의 바닥에는 한 됫박 정도의 우유처럼 흰 액체가 고여 있었는데, 기개세의 오른손이 액체 속에서 허우적거리는 순간 찰나지간에 모조리 사라져 버렸다.

그 사실을 모르는 기개세는 가까스로 얼굴을 접시의 맨 밑바닥까지 이동시킨 후에 주둥이와 혀를 한껏 내밀고 미친 듯이 바닥을 핥았다.

그러나 사라져 버린 물이 있을 리 만무하다. 혀와 입술은 메마른 맨바닥만 핥을 뿐이다.

'어… 떻게 된 거야? 분명히 물이었는데… 이런 염병할……'

그렇지 않아도 접시 속으로 기어드느라 기진맥진한 상태에서 물이 없다는 것을 확인하는 순간 그나마 남아 있던 정신력마저도 증발해 버리고 말았다.

그는 엎드린 자세 그대로 눈을 감고 꼼짝도 하지 않은 채 휴식을 취했다.

'빌어먹을… 분명히 물이었는데… 내 정신이 어떻게 된 건가? 물과 맨바닥도 구분하지 못하다니……'

일 각 후. 그는 휴식을 끝내고 몸을 움직이면서 속으로 투덜거렸다.

그로부터 반 시진 후에 간신히 접시에서 빠져나오는 것만으로도 기진맥진하여 또다시 엎드린 채 휴식을 취하고는 다시 움직이기 시작했다.

사실 방금 빠져나온 접시 밑바닥에 있던 한 됫박의 우윳빛 액체는 사라진 것이 아니라 그의 오른손으로 흡수돼 버린 것이었다.

그것은 결코 평범한 물이 아니라 경세적인 신통력을 지닌 만년성수(萬年聖水) 같은 것이었다.

만약 그 우윳빛 액체에 입을 먼저 갖다 댔다면 입으로 흡수됐을 텐데 오른손이 먼저 닿았기 때문에 오른손으로 흡수된 것이다.

그 액체는 생명체에 닿으면 무조건 흡수되는 성질을 갖고 있었기 때문이다.

그러나 그것으로는 갈증이 조금도 해소되지 못했다. 기개세는 그 우윳빛 액체가 무엇인지도, 자신의 오른손으로 흡수됐다는 사실도 까맣게 모르고 있다.

'제기랄, 이대로 죽는 건가?

얼마나 기고 또 얼마나 이동했는지도 모른다. 접시를 출발하고 서너 시진쯤 흘렀을 때 그는 완전히 탈진하여 돌바닥에 엎드린 채 꼼짝도 하지 않았다.

갈증도, 허기도, 고통도 느껴지지 않았다. 그래서 그는 자신이 이제 죽어가고 있다고 생각했다.

정신도 가물가물했다. 그런데도 별별 생각이 다 들었다. 그리고 옛날 일들이 바로 어제 일처럼 생생하게 떠올랐다.

별로 중요한 추억도 아니다. 그는 자신의 십칠 년 짧은 생애 중에서 사내대장부로서 굵직한 획을 그을 만한 일을 한 적이 없다.

추억이라고 해봐야 누굴 골탕 먹이고, 누구에게 당했다가 복수를 했으며, 집 대신 무창성에 거처로 삼고 있는 쌍봉루(雙鳳樓)의 기녀 나부랭이들과의 시시콜콜한 일들 뿐이다.

'설봉(雪鳳)하고 화봉(花鳳) 이년들, 나 없으면 못살겠다고 울고불고 난리 날 텐데… 쯧.'

설화쌍봉(雪花雙鳳)은 쌍봉루의 최고 기녀들이고 무창성 일대에서 첫손가락 꼽히는 미녀들이다.

쌍봉루는 개업 이후부터 오 년마다 최고의 기녀 두 명을 뽑아서 쌍봉이라는 칭호를 주는 제도를 갖고 있다.

기개세는 생의 마지막 순간에 설화쌍봉이나 떠올리고 있는 자신이 조금은 한심하다는 생각이 들었으나 그것도 잠시뿐이었다.

'물이나 한 모금 마셔보고 죽었으면……'

그런 생각을 하면서 자신도 모르게 오른손이 꿈틀 움직여 약간 앞으로 뻗어졌다.

"……"

그런데 손가락 끝에 돌바닥이 만져지다가 어느 순간 아무것도 만져지지 않았다. 즉, 허공인 것이다.

즉시 손가락 끝을 아래로 향했더니 아래로 향한 매끄러운 경사를 이루고 있는 바닥이 만져졌다.

기개세는 그것이 구덩이라고 직감했고, 그 안에는 필경 물이 있을 것이라고 확신, 아니, 기대했다.

그런 생각을 하자 힘이 번쩍 났다. 그래 봤자 몇 뼘 기어가고 나면 사라질 힘이다.

오른손 손가락을 세워 바닥을 긁으면서 필사적으로 몸을 끌어당겼다.

아까 접시는 위로 오르는 것이었지만 이것은 구덩이니까 그저 미끄러져 내리면 그만이다.

주르르.

상체를 구덩이 위로 끌어당기기에 성공한 그는 그 아래에 무엇이 있는지도 모른 채 아래쪽으로 몸을 내던졌다.

위험이 있어봤자 지금보다 더한 상황은 아닐 것이다. 그래봐야 죽기밖에 더하겠는가 하는 깡다구만 남은 심정이다.

촤악!

얼굴, 그중에서도 주둥이를 제일 먼저 앞세우고 구덩이 밑바닥에 도달하자 순간 차가운 물이 얼굴을 뒤덮었다.

'무, 물이다!'

구덩이 맨 밑바닥은 오목했으며 그곳에는 한 됫박 정도의 붉은색 액체가 고여 있었다.

기개세는 실성한 것처럼 결사적으로 물이라고 생각되는 액체를 마셔댔다.

"꿀꺽… 꿀꺽……."

차가운 물이 입술과 혀를 적시고 입 안을 가득 채운 후에 식도를 타고 내려가자 여태까지의 극심한 갈증이 한순간에 사라지는 것이 느껴졌다.

무엇인가를 먹는다는 것이, 입과 식도를 통해서 삼켜진다는 것이 이토록 행복한 일인 줄 예전에는 미처 몰랐었다.

잠시 후 그는 한 됫박의 액체를 다 마시고도 아쉬움이 남아서 혀로 바닥을 싹싹 핥았다.

"끄윽."

물배를 채운 그는 기분 좋은 포만감에 트림을 하고는 경사면에 등을 기댄 채 흡족하게 눈을 감았다.

'아아, 살 것 같다.'

잠이 쏟아졌다. 이대로 잠이 들면 꽤 행복할 것 같았다.

'응?'

그런데 잠이 막 들려는 찰나 뱃속에서 무언가 꿈틀하는 느낌을 받았다.

'뭐지?'

의아한 생각도 잠깐뿐, 느닷없이 뱃속에서 벽력탄이 폭발한 듯한 굉장한 충격이 전해졌다.

쿠쿵!

"우악!"

입 밖으로 비명을 터뜨리는 순간, 뭐라고 형언할 수 없는 극렬한 열기가 뱃속으로부터 온몸으로 순식간에 퍼졌다.

"끄아악!"

이곳에 추락한 후 혼절에서 깨어나 느꼈던 고통이 최악이라고 여겼는데, 그것은 지금의 고통에 비하면 아무것도 아니었다.

용광로의 펄펄 끓는 쇳물 속에 빠진 것 같고, 더 이상 뜨거울 수 없는 기름을 한 솥 통째로 삼킨 것 같았다.

온몸이 불탔다. 아니, 차라리 불타 버리면 고통이 덜할 텐데 극렬한 열기는 몸은 태우지 않고 고통을 느끼는 신경만 태우는 것 같았다.

화르르.

그때 사타구니를 겨우 가리고 있던 속곳과 팔과 다리, 가슴을 묶은 천과 부목이 순식간에 타버렸다. 신체를 제외한 모든 것이 타버린 것이다.

"크아아아―!"

찢어지도록 크게 벌리고 처절한 비명을 지르는 입을 통해서 붉은 광채, 혈광(血光)이 뿜어졌다.

아니, 두 눈과 콧구멍, 귀와 항문 등 칠공(七孔)을 통해서도 혈광이 뿜어져 나왔다.

파아아―!!

그러나 그것도 잠시, 곧이어 그의 온몸 모공에서 혈광이 뿜어지자 마치 그의 몸이 폭발하는 것처럼 보였다.

기개세는 사라지고 그 대신 사람의 형체를 한 하나의 시뻘건 불덩어리가 놓여 있는 듯했다.

그리고 그 불덩어리에서 뿜어진 눈부신 혈광이 오랫동안 암흑을 밝혔다.

그러나 기개세는 밝아진 주위 경관을 보지 못했다. 극심한 고통을 견디다 못해서 끝내 혼절했기 때문이다.

얼마나 시간이 흘렀을까.

번쩍!

구덩이 맨 밑바닥에 머리를 아래로, 다리를 위로 한 자세로 누워 있던 기개세가 눈을 뜨자 투명한 혈광이 두 눈에서 뿜어졌다가 순식간에 사라졌다. 그러나 그 자신은 그런 사실을 알지 못했다.

"여기는 어디지?"

그는 멀뚱히 천장을 보면서 나직이 중얼거렸다.

그가 누워 있는 곳에서 오륙 장 높이의 천장에 고드름 같은 것들이 아래를 향해 빼곡하게 주렁주렁 열려 있는 광경이 보인 것이다.

'꿈을 꾸고 있는 건가, 아니면 내가 죽은 건가?

그렇게 생각하는 것도 무리가 아니다. 혼절하기 전에는 코끝조차 보이지 않는 암흑 세계였는데 지금은 천장이 너무도 환하게 잘 보였기 때문이다.

"이런 젠장, 죽은 게 분명한 것 같군."

투덜거리면서 몸을 일으키자 구덩이 바닥에 두 발을 딛고 우뚝 섰다.

이렇게 잘 보이고 또 아무렇지도 않게 일어서는 것을 보면 죽은 것이 틀림없다는 확신이 들었다.

게다가 몸이 하나도 아프지 않았고 심신이 그 어느 때보다 상쾌하고 날아갈 듯 가벼웠다.

"젭, 내가 죽은 줄도 모르고 우리 엄마가 나 기다리다가 눈 빠지겠군."

중얼거리면서 자신의 몸을 이리저리 둘러보니 팔다리에 부목을 대고 옷을 찢어 가슴을 동여맸던 것들이 하나도 보이지 않았다.

또한 입고 있던 속곳도 어디 가고 벌거벗은 채 큼직한 음경을 덜렁거리고 있었다.

"큭! 좋아, 좋아! 저승이면 이 정도는 돼야지. 어쨌든 지랄 같은 곳에서 벗어나게 돼서 좋다."

고개를 끄덕이며 구덩이 위로 걸어 올라갔다.

팔다리와 갈비뼈가 부러진 상황에서 땅속으로 추락했으니 온몸이 박살 났을 것이다. 그런데도 불구하고 고통은커녕 손가락 하나 아프지 않다는 것은 이곳이 저승이기 때문이라고 그는 굳게 믿었다.

구덩이 밖으로 나간 그는 주위를 둘러보았다.

그곳은 하나의 커다란 지하 광장이었다. 바닥은 평평했으며 여러 색으로 반짝였다.

지하 광장은 여전히 암흑 세계지만 기개세는 자신이 대낮처럼 잘 보게 됐다는 사실을 모르고 있었다.

폭 삼십여 장 정도의 원형 지하 광장인데, 사방이 탁 트였으며 천장에는 고드름 같은 크고 작은 종유석들이 주렁주렁 매달려 있었다.

"흠! 저승다운 곳이로군. 그런데 왜 아무도……."

중얼거리던 그의 시선이 한곳에 고정되었다. 저만치 지하 광장의 한쪽 벽 아래에 흰옷을 입은 한 사람이 앉아 있는 모습이 보였다.

절곡에 떨어진 이후 사람을 처음 보는 기개세 얼굴에 반가운 표정이 떠올랐으나 곧 사라졌다.

저승에 무슨 사람이 있겠나 하는 생각이 든 것이다. 있다면 저승사자나 염라대왕일 것이다.

어쨌든 기개세는 그쪽으로 걸어가기 시작했다. 저승에 왔으니 저승사자나 염라대왕을 만나서 자신이 천당으로 갈 것인지 지옥으로 떨어질 것인지 판결을 받는 것이 당연하다고 생각했다.

가까이 걸어가면서 살펴보니 흰옷을 입은 사람은 한 명의 노인이며 바닥에서 두어 뼘 높이의 네모난 옥대(玉臺) 위에 정좌로 앉아 있었다.

눈처럼 흰 비단옷을 입었으며, 단정히 상투를 튼 백발에 길고 흰 수염이 가슴까지 늘어졌고, 안색은 어린 소년처럼 불그스름하며, 지그시 눈을 감고 있는데 말로만 듣던 신선의 모습이었다.

기개세는 살아생전에 저토록 선풍도골의 멋있는 노인을 한 번도 본 적이 없었다.

저 노인에 비하면 그의 무식한 부친은 소돼지를 잡는 백정 같은 모습이다.

'저 영감이 염라대왕인 모양이로군.'

백의노인 앞에는 한 자루 검이 가로로 놓여 있고, 또 그 옆에는 바닥에서 한 자 정도 높이의 원통형 석대가 있으며, 약간 움푹 파였는데 그 위에 은은하게 붉은색이 감도는 하나의 과일이 놓여 있었다.

기개세의 시선이 이끌리듯 과일로 향했다. 겨우 호두알 정도 크기였으나 며칠 만에 먹을 것을 처음 본 그는 자신이 죽은 몸이라는 사실도 잊은 채 먹고 싶어서 침을 꼴깍 삼켰다.

그러나 이곳은 염라대왕 면전이다. 아무리 무창성의 별종인 기개세라고 하지만 천당이냐 지옥이냐를 판가름해야 하는 판국에 염라대왕 면전에 있는 과일을 훔쳐 먹을 수는 없는 노릇이었다.

그래서 즉시 먹지 않고 잠시 시간을 끌면서 염라대왕의 체면을 살려주기로 했다.

'이 정도면 됐다.'

그는 열 호흡쯤 기다렸다가 재빨리 손을 뻗어 과일을 집은 후 곧장 입에 집어넣었다. 염라대왕이 눈을 감고 있다는 사실이 그의 용기를 부추겼다.

막 씹으려고 하는데 과일이 혀 위에서 스르르 녹더니 그대로 목구멍 안으로 흘러내려 갔다.

그와 함께 향긋하면서도 싸아한 기운이 입 안과 목구멍에 가득했다. 그러나 기개세는 과일을 깨물어 먹지 못한 것이 못내 아쉬웠다.

그런데 그는 그토록 극심하던 허기가 씻은 듯이 사라진 것을 느꼈다.

먹은 것이라고는 방금 먹은 호두알만 한 크기의 과일뿐인데 허기가 사라졌다면 그것 때문일 것이다.

'원래 저승의 과일은 그런 것인가?'

하지만 이상하게 생각하지 않고 단지 그렇게 여겼다. 저승에서 이상한 일이 어디 한두 가지겠는가.

그는 멀뚱히 서서 염라대왕이 눈을 뜨기를 기다렸다. 그러나 일각 이상이 흘러도 염라대왕은 눈을 뜨기는커녕 미동조차 하지 않았다.

지루해진 기개세는 자세가 흐트러지면서 슬쩍 인상을 썼다.

'이 영감탱이가 지금 내 인내심을 시험하고 있는 것인가?'

저승이고 또 염라대왕 면전이라서 제딴에는 최대한 조신하게 행동하려고 했으나 기다리다가 짜증이 난 기개세는 결국 조심스레 입을 열었다.

"저… 실례합니다."

그래도 염라대왕은 까딱도 하지 않는다.

"저는 무창성의 기개세라고 하는데 천당으로 갈 것인지 지옥으로 떨어질 것인지 판결을 내려주십시오."

역시 눈도 뜨지 않는다. 염라대왕은 정말 기개세의 인내심을 시험하고 있는 것이 분명했다.

그러나 기개세는 발작하지 않았다. 자신이 죄를 많이 지은 것은 잘 알고 있지만 지옥으로 떨어지고 싶지 않았다.

그래서 천당으로 오르기 위해서는 어떻게 하든 염라대왕에게 잘 보이는 수밖에 없기에 최대한의 인내심을 발휘하고 있는 중이다.

그렇지만 염라대왕은 여전히 말도 미동도 하지 않았다.

그래도 기개세는 지루함을 최대한 참으면서 발끝으로 바닥을 이리저리 문질렀다.

그때 발끝에 뭔가 울퉁불퉁한 요철이 느껴졌다. 뭔가 궁금해서 내려다보니 뜻밖에도 발 앞 돌바닥에 뚜렷한 글자가 새겨져 있었다.

구배지례(九拜之禮).

'아홉 번 절하라고?

인간 세상에서 구배지례라는 것은 사제지례를 맺을 때 제자가 사부에게 처음으로 올리는 절을 뜻한다.

물론 기개세도 알고 있다. 하지만 이곳은 저승이기에 자신과 염라대왕이 사제의 인연을 맺는 것이라고는 꿈에도 생각하지 못했다.

그저 단순하게 염라대왕에게 구배지례를 해야지만 판결을 내려주나 보다라고만 생각했다.

평소에는 남에게 인사를 하거나 무릎 꿇고 또 절을 하는 것을 죽기보다 싫어하는 기개세지만 저승에서는 용빼는 재주가 없다.

'하라면 해야지.'

선을 행하면 천당에, 악을 일삼으면 지옥으로 떨어진다는 것은 코흘리개조차 알고 있는 사실이다.

세상에는 천당에 대한 것보다 지옥에 대한 이야기가 훨씬 더 많이 난무하고 있다.

또한 지옥이 얼마나 참혹한 곳인지 수많은 지옥도(地獄圖)의 그림들이 생생하게 보여주었다.

그러므로 천당에 갈 수만 있다면 염라대왕의 발바닥이라도 핥을 수 있는 기개세다.

문득 그는 두어 걸음 앞의 돌바닥에 이상한 문양이 있는 것을 발견했다.

주위 바닥은 적갈색인 데 반해서 일정 부분만 투명한 옥색이었다. 그것을 잠시 굽어보던 기개세는 그것이 무슨 의미인지 알아차렸다.

그곳은 절을 하는 장소다. 엎드렸을 때 무릎이 닿는 곳과 손바닥을 대는 곳, 그리고 이마를 대는 곳이 따로 명확하게 구분되어 있었다.

'아무 데서나 절을 하면 되지 영감탱이가 복잡하게 무슨 절차를 따지긴… 쯧.'

속으로는 그렇게 투덜거리면서도 기개세는 무릎을 대는 곳이라고 생각되는 곳에 무릎을 꿇었다. 망설이고 있는 모습을 보여주지 않으려는 것이다.

퉁!

그리고 마지막 아홉 번째 절을 하여 이마를 옥색 바닥에 댄 후 고개를 들고 무슨 변화가 있나 싶어서 염라대왕을 올려다보았다.

스르룽.

그때 염라대왕이 앉아 있는 나지막한 석대 앞쪽에서 마치 서랍이 열리듯 납작한 무엇인가 앞으로 튀어나왔다.

"뭐야, 저건?"

전혀 예상하지 못했던 일이라서 너무 놀라 속으로 말한다는 것이 입 밖으로 튀어나왔다.

사실 돌바닥에 손바닥과 무릎, 이마를 대는 곳을 구분해 놓은 것은 그곳에 아홉 차례 충격을 가했을 때 석대에서 무엇인가 튀어나오게끔 미리 안배를 해놓은 때문이다.

그것은 정밀한 기관장치로써 지정한 장소에서 정확하게 구배지례를 올리지 않으면 작동하지 않는다.

앞으로 튀어나온 납작한 옥돌판 위에는 누렇게 빛바랜 한

권의 책자와 서찰 한 통이 놓여 있었다.

'요즘엔 저승에서 이런 식으로 판결을 내리는 건가?

고개를 갸우뚱거리던 기개세는 무릎걸음으로 조심스럽게 가까이 다가가서 책과 서찰을 집어들고는 우선 서찰부터 꺼내서 펼쳤다.

거기에는 수려하고도 힘이 느껴지는 웅혼한 글씨가 물 흐르듯이 적혀 있었다.

나는 악주(岳州) 태생인 독고성(獨孤星)이다.

스물두 살에 천검신문(天劍神門)의 제팔대문주(第八代門主)로 발탁되어 이십 년 동안 사문의 절학을 익히고, 이후 백 년 동안 무림 평화를 위해 힘쓰다가 백사십이 세에 이르러 비로소 이곳 천신동(天神洞)에 들어 영면(永眠)을 하게 되었다.

거기까지 읽은 기개세는 의아한 얼굴로 고개를 모로 꼬다가 어이없는 표정으로 석대의 노인을 쳐다보았다.

'뭐야? 그럼 저 영감이 염라대왕이 아니라는 거야? 게다가 이미 죽었다고?

뚫어지게 쏘아보았으나 백의노인이 죽은 것처럼 보이지는 않았다.

입가에는 자상한 엷은 미소가 머금어져 있고, 두 손은 단정하게 두 무릎에 올려져 있었다.

어디로 봐도 잠시 오수를 즐기고 있는 모습이지 죽은 것처럼 보이지는 않았다.

서찰에 의하면 석대에 앉아 있는 백의노인이 독고성이고 또 천검신문인가 뭔가 하는 곳의 팔대문주인 듯했다.

그러나 기개세는 독고성이라는 이름도, 천검신문이라는 문파도 들어본 적이 없다.

독고성이라는 노인은 스물두 살에 천검신문의 팔대문주가 되어 장장 백이십 년 동안 활동하다가 천신동이라고 하는 이곳에 들어와서 죽었으니 무려 백사십이 세까지 살았다는 말이다.

그러나 그보다도 기개세를 놀라게 한 것은 자신이 죽지 않았을 수도 있다는 사실이다.

'여기가 저승이 아니고 저 영감이 염라대왕이 아니라면… 나는 죽지 않은 것인지도 모른다.'

그는 급히 서찰과 책자를 바닥에 내려놓고 자신의 뺨을 있는 힘껏 갈겨보았다.

철썩!

"윽!"

무지하게 아프다. 죽은 영혼이 아픔을 느낀다는 말은 들어본 적이 없다.

그래도 미심쩍어서 팔과 허벅지를 살점이 떨어질 정도로 사정없이 꼬집어봤다.

"으으… 더럽게 아프다."

아프지만 기뻤다. 살아 있는 것이 분명하기 때문이다. 그러나 도대체 어째서 자신이 멀쩡한 것인지에 대해서는 모를 일이었다.

온몸의 뼈가 부러진데다가 이곳에 추락할 때 또 어딘가 박살이 났을 텐데도 지금은 손가락 하나 아프지 않았다.

더구나 중독된 느낌도 전혀 없다. 독상마저도 치료된 것이 분명했다.

'죽지 않았다. 난 살아 있다.'

다 죽어가던 자신이 어떻게 해서 살아났는지는 알 수 없다.

그는 서둘러 서찰을 집어들었다. 서찰에 의문을 풀 수 있는 열쇠가 적혀 있을지도 모른다는 생각이 든 것이다.

하늘의 별을 살펴보니 내가 죽고 삼백 년 후에 내 뒤를 이을 제자가 찾아올 텐데, 그는 갑자년(甲子年) 정월 보름 인시(寅時: 새벽 4시)에 출생했으며 방년 십칠 세의 소년일 테고, 무창이 고향일 것이다.

'뭐, 뭐야, 이 영감탱이?

기개세는 너무나 놀라서 서찰을 떨어뜨렸다. 삼백 년 전에 죽은 사람이 어떻게 삼백 년 후에 이곳에 누가 올지 알고 있으며, 더구나 그 사람의 생년월일에다 고향까지 훤하게 알고 있단 말인가.

기개세는 무창성이 고향이고 십칠 년 전 갑자년 정월 보름 날 새벽 인시에 태어났다.

그는 넋이 달아난 얼굴로 백의노인, 즉 독고성을 망연히 바라보았다.

사람이라고 여겼던 독고성이 다시 염라대왕으로 보였다. 염라대왕이 아니고서야 어떻게 삼백 년 후에 갑자년 정월 보름 인시에 태어난 십칠 세 소년이 이곳에 찾아올 것이라는 사실을 미리 알고 있겠는가.

귀신에 홀린 표정을 짓고 있던 기개세는 문득 서찰에서 '하늘의 별을 살펴봤다' 라는 구절을 떠올렸다.

'성술(星術:점성술)로 예견했다는 말이야?'

성술이라는 술법으로 점을 친다는 말을 들은 적이 있다. 그렇다고 해도 이것은 너무나 엄청났다.

아연실색한 표정으로 독고성을 바라보던 기개세의 얼굴이 점차 변하더니 이윽고 특유의 흐릿한 미소가 떠올랐다.

'좋아, 어디 더 놀라게 해보시지?'

잠시 잊고 있었던 배짱이 다시 되살아난 것이다. 어차피 절곡에 추락한 이후부터 벌어진 일들은 하나같이 말도 안 되는 것들뿐이지 않았는가.

그대를 천검신문 제구대문주(第九代門主)로 입명한다.

이제부터 그대가 할 일은 이곳 천신동에 있는 만년혈천수(萬年血天水)와 만년옥정유(萬年玉精油), 그리고 내 옆 석대에 놓인 나의 내단(內丹)을 복용하는 것이다.

이후 천신록(天神錄)의 내용을 모두 외우고 나서 태워 없애라.

시일이 얼마가 걸리더라도 천신록을 팔성 이상 성취한 이후에 이곳을 떠나라.

내 뒤의 벽면 중앙에 있는 장인(掌印)에 천옥신장(天玉神掌)을 전력으로 가격하면 천신동에서 나갈 수 있으리라.

그 방법 외에는 이곳에서 나갈 수 있는 방법이 없음을 명심하라.

제자의 무운을 빈다.

독고성 절필(絶筆).

너무 많은, 그리고 엄청난 내용을 한꺼번에 접한 기개세는 한동안 정신을 차리기가 힘들었다.

"이게 무슨 귀신 씨나락 까먹는 소리야?"

무창성 저잣거리에서 잔뼈가 굵은 그는 어린 나이에도 산전수전 다 겪어서 웬만한 능구렁이들 뺨칠 정도의 수준이다.

그런 그가 봤을 때 서찰의 내용은 조금도 신빙성이 없었다. 코흘리개에게도 먹히지 않을 어설픈 사기극이다.

들어본 적도 없는 천검신문의 제구대문주가 되라느니, 이름만 거창한 만년혈천수와 만년옥정유, 게다가 영감탱이의 내단을 먹으라 하고, 또 뭐 천신록이라는 그럴듯한 이름의 비급을 팔성 이상 익혀야만 이곳에서 나갈 수 있다니, 열흘 삶은 호박에 이빨도 들어가지 않을 소리다.

탁!

"우라질! 망령 든 영감탱이가 누굴 병신으로 아는 거야?"

기개세는 서찰과 책자를 바닥에 내팽개치고 벌떡 일어서며 버럭 소리를 질렀다.

그리고는 더 이상 볼일이 없다는 듯 독고성을 등지고 반대편으로 성큼성큼 걸어갔다.

"영감이 천검신문 팔대문주면 나는 옥황상제다. 빌어먹을!"

그때 전면 저만치 바닥에 무언가 하얗게 반짝이는 물체가 놓여 있는 것이 눈에 띄었다.

다가가서 보니 액체를 마시고 고통에 몸부림치는 와중에 잃어버린 설인검이었다.

"……!"

검을 집어 허리를 펴던 그는 눈앞에 있는 하나의 구덩이를 발견하고는 가볍게 눈썹을 찌푸렸다.

"이것은?"

무릎을 꿇고 자세히 살펴보았다. 바닥에서 아래쪽으로 움푹 파였는데 아까 물을 마셨던 그 구덩이 같았다.

그때는 아무것도 보이지 않는 암흑이었지만 손으로 더듬었기 때문에 대략적인 윤곽이 남아 있다.

‘설마… 여기에 고여 있던 물이 만년혈천수나 만년옥정유 중에 하나라는 것은 아니겠지?’

속으로 생각하던 그는 재빨리 주위를 두리번거리다가 한 곳에 시선이 멈추었다.

구덩이에서 칠팔 장쯤 떨어진 곳에는 바닥에서 한 자 높이의 접시 형상이 있었다.

‘여기엔 물이 없었는데……’

급히 달려간 기개세는 접시 안쪽을 살펴보았다. 그곳에는 처음에 물이 있다고 느꼈는데 막상 먹으려고 하니까 물이 한 방울도 없었다.

그러나 어쨌든 서찰에 적힌 만년혈천수와 만년옥정유가 있었을 것이라고 추정되는 두 군데 장소가 천신동이라고 하는 이 지하 광장 안에 있는 것이 확인됐다.

그것은 곧 서찰의 내용이 전혀 허무맹랑한 것만은 아니라는 뜻이기도 하다.

그때 퍼뜩 서찰의 한 내용이 기개세의 뇌리를 스쳤다.

내 옆에 놓인 나의 내단을 복용하라.

‘내단이라고?’

그는 급히 독고성을 돌아보았다. 그는 조금 전에 독고성 옆 석대 위에 놓여 있는 호두알만 한 크기의 과일을 먹었었다.

'혹시 그게 내단이었나?

이끌리듯 다시 독고성 앞으로 다가가 서찰을 집어들었다.

그러나 조금 전에 읽은 내용이 전부다. 기개세를 천검신문 제구대문주로 임명하고, 또 제자의 무운을 빈다고 하면서도, 어떻게 천신록을 연마하고 또 이곳을 나간 후에는 어떻게 하라는 아무런 내용이 없다.

독고성이 천검신문의 제팔대문주로서 백 년 동안 무림 평화를 위해 헌신했다면 당연히 제자에게도 그렇게 하라고 유시를 내려야 마땅하거늘 그런 내용은 한 줄이 아니라 한 글자도 없다.

기개세는 서찰을 만지작거리면서 독고성을 물끄러미 응시했으나 별다른 뾰족한 수가 생각나지 않았다.

"장인이라고?"

문득 생각나는 것이 있어 일어나 독고성의 뒤쪽으로 가서 벽면을 살펴보았다.

과연 그곳에는 서찰에 적힌 대로 대리석처럼 매끄러운 벽면의 가슴 높이에 투명하게 희면서도 푸르스름한 빛을 발하는 옥으로 만든 하나의 손바닥 자국이 있었다.

서찰에는 장인에 천옥신장을 전력으로 가격하면 천신동에서 나갈 수 있다고 적혀 있었다.

기개세는 오른손을 활짝 펴서 장인에 대보았다. 그랬더니 마치 그의 손바닥에 본을 떠서 만든 것처럼 장인과 그의 손바닥이 정확하게 일치했다.

"저 영감탱이, 귀신 아냐?"

독고성이 자신에 대해서 너무 완벽하게 알고 있는 것 같아서 소름이 오싹 끼쳤다.

기개세는 괜히 오기가 생겨서 벽면 앞에 자세를 잡고 우뚝 섰다가 장인을 향해 활짝 펼친 손바닥을 있는 힘껏 뻗었다.

퍽!

"끄악!"

다음 순간 그는 처절한 비명을 지르면서 오른 손목을 움켜잡고 펄쩍펄쩍 뛰었다.

第六章

다시 세상으로

대사부

서찰과 함께 있던 책자가 천검신문의 무공이 수록되어 있는 천신록이다.

천신록에는 각 일 초식의 심법과 검법, 장법, 경공, 보법, 지공(指功), 음공(音功)이 각각 기록되어 있었다.

심법과 검법 구결에 가장 많은 장을 할애했고, 그다음이 장법과 지공, 경공, 보법, 음공 순서다.

기개세는 천신록을 들고 다니면서 한시도 손에서 놓지 않고 외우느라 하루 만에 너덜너덜해졌다.

그는 사흘 동안 더 외우고는 천신록을 미련없이 갈기갈기 찢어버렸다.

서찰에는 불태우라고 했으나 이곳에서 불을 피울 재간이 없기 때문이다.

기개세는 천신록 중에서 제일 먼저 장법, 즉 천옥신장을 연마하기로 마음먹었다. 그것을 익혀야지만 이곳에서 빠져나갈 수 있기 때문이다.

그러나 연마를 시작한 지 한 시진 만에 포기해 버렸다. 예상했던 것보다 백 배, 아니, 천 배는 더 난해했기 때문이다.

외우는 것은 무엇이든 자신이 있는데, 구결을 풀어서 이해하고, 또 그것을 실제로 연마하는 것에는 도무지 재주가 없는 기개세다. 아니, 솔직하게 말하자면 흥미가 없는 것이다.

여북했으면 부친이 그에게 가문의 무공을 가르치려고 몽둥이를 들고 쫓아다니기도 하고 온갖 감언이설로 달래보기도 했다가 끝내는 눈물을 삼키며 포기하고 말았겠는가.

기개세는 천신록을 연마하는 대신 천신동을 이 잡듯이 샅샅이 뒤지기 시작했다. 목적은 물론 이곳을 빠져나갈 방법을 찾아내기 위해서다.

그렇게 해서 찾아낸 것은 지하 광장 한쪽에 있는 조그만 샘물과 그곳에서 멀지 않은 곳에 있는 한 칸의 석실이다.

처음에 석문을 발견했을 때에는 혹시 밖으로 나가는 통로가 아닐까 하는 부푼 기대를 품었으나 곧 실망하고 말았다.

석문 안에는 하나의 제법 큰 석실이 있었고, 그곳에는 최소한의 생활에 필요한 것들이 준비되어 있었다.

하나의 돌 침상과 석탁, 돌 의자가 있고, 돌 침상에는 공기가 통하지 않도록 밀봉된 두툼한 기름종이 몇 개가 놓여 있어서 열어보니 이불과 몇 벌의 옷이 들어 있었다.

또한 무공 연마에 필요한 공간과 석대 등이었고, 한쪽 구석에는 밀봉된 아담한 크기의 항아리 삼십여 개 정도가 질서있게 놓여 있었다.

호기심에 밀봉된 항아리 뚜껑을 하나를 뜯었더니 안에는 강낭콩만 한 크기의 갈색 알갱이들이 가득 차 있었다.

냄새를 맡아보니 고소하기도 하고 조금 퀴퀴한 것 같기도 해서 이맛살을 찌푸리며 내던졌다.

그것은 벽곡단(僻穀丹)이라는 것으로써, 몸에 꼭 필요한 십여 가지 곡식을 혼합하여 특수한 방법으로 찌고 빻아 최대한 압축한 일종의 비상식량이다.

우습게 보여도 벽곡단 한 알을 먹으면 최대한 사흘 정도는 물만 마시고도 너끈히 견딜 수 있다.

항아리 하나가 일 년치이고, 삼십 개면 삼십 년치이다. 독고성은 넉넉잡아서 제자가 삼십 년 동안 천신록을 연마할 것이라고 예상한 듯했다.

물론 기개세는 벽곡단이 무엇인지 알고 있고 또 직접 본 적도 있다.

하지만 그는 이런 곳에서 삼십 년이 아니라 단 사흘 동안이라도 무공을 연마할 생각이 터럭만큼도 없었다.

"빌어먹을 영감탱이 같으니라고. 죽어서까지 날 이런 곳에 가두고 아예 가축처럼 사육을 시킬 모양이로군?"

비 맞은 중처럼 투덜거리면서 다시 원래 있던 곳으로 돌아왔으나 그저 우두커니 서서 독고성을 바라보기만 할 뿐 딱히 할 일이 없었다.

그는 아까 절을 했던 자리에 벌렁 누워 다리를 꼬고 흔들면서 독고성을 쳐다보며 키득거렸다.

"클클… 무공 연마는 절대로 하지 않을 테니까 꿈 깨셔."

죽은 사람하고 쓸데없는 심기 싸움이나 하고 있다.

이어서 그는 설인검으로 바닥을 가볍게 두드리면서 콧노래를 흥얼거렸다.

무창성 쌍봉루에서 귀동냥으로 주워들은 노랫가락 십여 곡이 다 바닥날 무렵 시선이 문득 바닥으로 향했다.

바닥에는 조금 전에는 보이지 않던 반짝이는 조그만 알갱이들이 어지럽게 흩어져 있었다.

날카로운 설인검 끝으로 신나게 바닥을 두드리는 바람에 깨진 조각들이었다.

약간 흥미를 느끼고 적갈색의 알갱이들을 집어서 살펴보던 그는 깜짝 놀라 자세를 바로 하고 앉았다.

그리고는 다른 알갱이들을 주워서 더욱 자세히 살펴보다가 이윽고 입가에 흐릿한 미소를 머금었다.

"흐흐흐… 이거 마노(瑪瑙)잖아? 이게 웬 횡재냐?"

마노는 보석의 일종으로 손톱만 한 것 하나가 금화 백 냥의
가치가 있을 정도로 귀하다.

기대 어린 표정으로 무릎을 꿇고 바닥을 살펴보니 그가 있
는 주변 바닥이 온통 다 적갈색으로 빛나는 마노였다. 적어도
집 한 채 크기는 될 듯했다.

그때 무슨 생각이 퍼뜩 그의 머리를 스쳤다. 그래서 혹시나
하는 생각에 벌떡 일어섰다.

지금껏 멋모르고 지하 광장을 이리저리 돌아다녔는데, 지
금 생각해 보니까 바닥 전체에서 여러 가지 빛이 뿜어졌던 것
을 기억해 낸 것이다.

과연 그의 기억은 틀리지 않았다. 지금 그가 서 있는 곳을
중심으로 삼사 장 주위만 적갈색의 마노로 이루어진 바닥이
고 바깥쪽은 다른 색이다.

그래서 일일이 돌아다니면서 하나하나 확인을 해보니 지
하 광장 바닥은 십여 가지 색으로 빛났고 십여 가지 보석들로
이루어졌다.

종류도 다양했는데, 녹색은 감람석(橄欖石)이고, 붉은 것과
푸른 것은 강옥석(鋼玉石:루비, 사파이어)이며, 투명한 것은 금
강석(金剛石:다이아몬드), 청색과 녹색은 녹주석(綠柱石:에메랄
드), 홍람색(紅藍色)은 귀단백석(貴蛋白石:오팔), 녹백색은 묘
안석(猫眼石), 녹색은 비취(翡翠), 푸른색은 청낭간(青琅玕), 그
리고 호박옥(琥珀玉)과 진귀한 파리(玻璃) 등으로 어느 것 하

나 귀하지 않은 것이 없었다.

"이… 이거 엄청나구나!"

배포가 두둑한 기개세조차도 그야말로 무진장의 보석 앞에서 완전히 압도당하고 말았다.

삼십여 장 폭의 원형 지하 광장 바닥 전체가 형형색색의 진귀한 보석으로 이루어졌으니 그 양이 얼마나 되는지 상상하는 것조차도 가슴 벅찬 일이다.

기개세는 한참 동안이나 눈과 입을 크게 뜨고 얼굴 가득 경악지색을 떠올린 채 그 자리에서 꼼짝도 하지 못했다.

그러다가 어느 순간 번쩍 정신을 차리고 서둘러 설인검을 움켜쥐고 자신이 서 있는 바닥을 파기 시작했다.

팍! 팍! 팍!

그곳은 강옥석 바닥인데 도대체 어느 정도 두께인지 확인하려는 것이다.

제아무리 보석이라고 해도 설인검에는 무처럼 썩뚝썩뚝 힘없이 잘려졌다.

쿵!

잠시 후 기개세는 그 자리에 엉덩방아를 찧으면서 주저앉고 말았다.

확인 결과 강옥석은 두 뼘 두께다. 그 정도면 강옥석만 해도 최소한 열 수레는 나올 것이다.

"으으… 나는 천하제일의 부자다."

넋 나간 듯 중얼거리는 그의 얼굴에 점차 웃음이 번지더니 어느 순간 고개를 젖히고 미친 듯이 웃어댔다.

"으핫핫핫핫! 나 기개세가 천하제일 부자란 말이다! 이제는 황제도 부럽지 않다! 우핫핫핫핫!"

책상다리로 바닥에 앉아 있는 기개세 앞에는 하나의 상자가 있고, 그 안에는 호두알 크기로 둥글게 다듬은 갖가지 보석들이 가득 담겨 있었다.

그는 꽤 오랜 시간을 들여서 설인검으로 십여 종류의 보석을 파내서 호두알 크기로 다듬었다.

너무 작게 깎으면 상품 가치가 떨어지고 너무 크면 처분하거나 지니고 다니기가 불편하기 때문에 호두알 크기가 가장 적당하다고 생각했다.

보석 한 종류에 열 개 남짓씩 모두 백여 개쯤 됐다. 하지만 그 정도는 지하 광장에 있는 전체 보석의 만분의 일도 되지 않을 것이다.

그것들을 담을 것이 마땅치 않아서 바깥세상에서는 귀한 호박석을 통째로 깎고 파서 네모난 상자, 즉 함(函)을 만들어서 담았다.

뚜껑까지 호박석으로 제대로 만들어서 끼워 넣자 뒤집어도 뚜껑이 열리지 않았다.

그러나 웬일인지 호박 상자를 굽어보는 기개세의 얼굴은

그다지 밝지 않았다.

천옥신장을 팔성 이상 연마하기 전에는 이곳에서 나갈 수 없다는 사실 때문이다.

억만금이 있으면 무엇 하겠는가. 바깥세상에서는 은자 한두 냥이면 먹을 수 있는 요리를 이곳에서는 금강석 몇 덩이를 줘도 한 끼 식사조차 사 먹을 수 없다.

십여 종류의 보석이 천 수레가 있다고 해도 무용지물이니 말 그대로 금수의끽일시(錦繡衣喫一時)이다.

이곳에서 나가기 위해서는 지금부터라도 머리를 싸매고 천옥신장을 연마해야 하지만 기개세는 그러고 싶은 마음이 눈곱만치도 없다.

독고성이 남긴 서찰에 의하면, 그는 천신록을 연마하는 데 장장 이십 년이 걸렸다고 한다.

그렇다면 천옥신장 하나를 배우는 데는 아무리 빨라도 이 년에서 삼 년이 걸린다는 뜻이다.

또한 공력이 밑바탕이 되어야 하니 심법 수련도 병행해야만 할 것이다. 그러자면 최소한 오륙 년은 걸릴 터이다.

오륙 년씩이나 이런 곳에서 썩느니 차라리 목을 매고 자결하는 편이 낫겠다는 것이 기개세의 생각이다.

천검신문의 전대 문주인 독고성이 기개세를 제자로 삼고 구대문주로 임명했지만 거기에는 추호도 관심이 없으며, 독고성에게도 일말의 정이나 흥미를 느끼지 못했다.

기개세의 관심사는 오로지 이곳을 탈출하는 것뿐이다. 물론 보석을 갖고서 말이다.

"그렇지!"

그때 무슨 생각에선지 그는 갑자기 벌떡 일어나더니 독고성에게 달려갔다.

아니, 독고성을 지나쳐서 그 뒤 벽면의 장인 앞에 씨근거리며 멈춰 서서 뚫어지게 노려보았다.

"여기가 출구가 분명해."

천옥신장으로 장인을 가격하면 밖으로 나갈 수 있다고 했으므로 그곳이 출구일 것이라는 생각이다.

"어떻게 하든 나가기만 하면 될 거 아냐?"

중얼거리면서 설인검을 쥐고 장인 앞으로 바싹 다가들었다. 보검인 설인검으로 장인 부위를 파 들어가면 출구가 나올 것이라고 판단한 것이다.

불공대천지원수라도 만난 듯 설인검을 잔뜩 움켜쥐고 장인을 쏘아보다가 한순간 힘껏 찍었다.

캉!

그러나 뜻밖에도 불꽃이 튀면서 설인검이 튕겨졌다.

가문의 보검인 설인검이 튕겨지다니, 그 순간 알 수 없는 불길함이 확 엄습했다.

하지만 포기하지 않고 삼십 년 공력을 전부 주입하여 연이어 설인검으로 장인을 찍어댔다.

카카카캉! 챙!

십여 차례나 찍었으나 장인은 흠집조차 나지 않았고 손아귀가 찢어질 듯이 아팠다.

"이런 염병할……."

욕이 튀어나왔다. 설인검으로는 장인을 어떻게 할 수 없는 것이 분명했다.

이것은 설인검이 약한 것이 아니라 장인을 이루고 있는 돌인지 뭔지가 너무나 강했다.

그러나 바깥세상에 나가서 천하제일 부자로 떵떵거릴 기회를 이대로 포기할 수는 없다.

아니, 굳이 보석 때문이 아니더라도 바깥세상에 나가야만 할 이유는 수만 가지가 넘는다.

장인이 안 되면 그 주위라도 상관이 없다. 출구가 겨우 손바닥만 하지는 않을 테니까 장인 주위를 파 들어가도 가능할 것이라는 생각이다.

카카캉!

그런데 또 불꽃이 튀며 설인검이 튕겨졌다. 몇 차례 더 시도했으나 결과는 마찬가지다.

"이런 염병할! 우라질! 후레자식! 개자식!"

알고 있는 욕설을 모조리 토해내며 미친 듯이 설인검을 찍고 또 찍어댔다.

실패를 거듭한 결과, 장인을 중심으로 지름 한 자 정도의 원형은 설인검으로 흠집도 낼 수 없었다.

그러나 한 자 밖 둘레는 설인검이 닿기가 무섭게 푹푹 들어갔고, 또 잘라진 돌덩이들이 뚝뚝 떨어져 나왔다.

팍팍팍팍!

"된다. 으흐흐흐… 이제 나갈 수 있다."

사람이 쥐새끼가 아닌 바에야 출구라고 하면 최소한 한 자보다는 클 것이다.

장인을 중심으로 지름 한 자의 원형만 남겨놓고 모조리 파내면 출구가 나올 것이라는 게 기개세의 생각이고, 또 이치적으로도 타당했다.

"헉헉헉! 이런 육시랄! 헉헉!"

기개세는 바닥에 벌렁 드러누워 헐떡이면서 욕설을 내뱉었다. 그의 가슴이 크게 기복을 일으키며 입에서는 거친 호흡이 토해졌다.

얼마나 죽을힘을 다해서 용을 썼는지 심장이 목구멍 밖으로 튀어나올 것만 같았다.

장인을 중심으로 지름 한 자의 원형을 제외하고는 좌우와 위아래가 깊숙이 파헤쳐졌고, 바닥에는 파낸 돌덩이가 수북하게 쌓여 있었다.

파낸 깊이가 무려 삼 장이나 됐으며, 장인이 있는 원형만 마치 허공에 떠 있는 듯한 광경이다.

과연 기개세의 집념은 대단했다. 침식을 잊고 시간이 가는
줄도 모른 채 탈진할 때까지 삼 장이나 판 것이다.

그런데도 애타게 기대하던 출구는 끝내 나타나지 않았다.
도대체 파도 파도 끝이 나오지 않았다.

그러나 그는 조금만 더, 조금만 더 하면서 파다가 끝내는
뒤로 나자빠져 버렸다.

설인검을 쥐고 있는 그의 돌 가루투성이인 오른손의 손아
귀가 찢어져서 피가 흘렀고, 팔 전체가 부들부들 떨렸다.

"헉헉헉! 애초부터 출구 따윈 없었던 거야. 저 영감탱이가
날 속였어."

생각하면 생각할수록 억울하고 약이 올랐다. 기진맥진할
때까지 벽을 팠기 때문이 아니라 이제 이곳에 꼼짝없이 갇혔
다는 사실 때문이다.

그는 반 시진 동안 누워 있으면서 자신이 알고 있는 모든
욕설을 내뱉으며 독고성을 저주했다. 그렇지만 그것으로는
분이 풀리지 않았다.

"이 영감탱이!"

순간 벌떡 튕기듯이 일어나 득달같이 독고성에게 달려갔
다.

"이… 이……."

독고성 앞에 이르러 온 힘을 다해서 한 대 갈기려고 주먹을
꽉 쥔 오른팔을 한껏 뒤로 젖혔으나 결국 휘두르지 못하고 팔

을 내리고 말았다.

"젠장! 늙은이라서 봐줬다!"

슥—

독고성을 지나치며 투덜거렸다.

"쳇! 우리 할배랑 비슷한 연배라서 봐준 거야."

그러다가 뚝 독고성 뒤의 장인이 눈에 띄어 그 자리에 우뚝 멈추어 섰다.

"이이이……."

주위의 벽면은 모조리 파헤쳐졌는데 유독 장인을 중심으로 지름 한 자의 원형만 마치 허공에 떠 있는 것처럼 덩그러니 남아 있는 것을 보자 헛고생을 한 것 때문에 속에서 분통이 터졌다.

"이따위 속임수로 날 농락해?"

그는 장인 앞에 우뚝 서서 오른팔을 젖히며 눈에서 불꽃을 튕겨냈다.

생각할수록 울화가 치밀었다. 홍의소녀를 골탕 먹이고 나서 절곡에 떨어진 것도, 그래서 온몸의 뼈가 부러지고 독물들에게 물려 중독되었으며, 구렁이에게 잡아먹힐 뻔했던 일도, 그리고 이곳 천신동에 떨어져서 이루 말로 다할 수 없는 생고생을 한 것들이 갑자기 와르르 생각나 그것들이 모조리 활화산 같은 분노로 돌변했다.

"으아아—!"

기개세는 온 힘을 다해서 활짝 펼친 손바닥을 장인을 향해 찍어갔다.

그런데 그 순간 예기치 않았던 놀라운 일이 벌어졌다. 오른손이 손목까지 투명한 백옥처럼 변하더니 눈부신 투명 광이 뿜어졌다.

하지만 분노로 눈알이 새빨개질 정도로 흥분한 기개세는 그 사실을 전혀 알지 못했다.

쩍!

투명한 손, 즉 옥수(玉手)가 장인에 정확하게 가격됐다.

"흐으으… 헉헉헉……!"

기개세는 장인에 손바닥을 붙인 채 숨을 헐떡였다.

아무런 변화도 일어나지 않았다.

당연한 일이다.

천옥신장을 팔성 이상 연마해야 가능하다고 서찰에 적혀 있지 않았는가.

아니, 모두 새빨간 거짓말이고 사기다. 출구 따윈 처음부터 없었던 것이다.

"비… 빌어먹을… 너무 흥분했다. 에구, 내 팔……."

그는 오만상을 찌푸리면서 장인에서 손을 떼어냈다. 흥분해서 온 힘을 다해 장인을 가격했는데 울컥하는 바람에 팔이 어떻게 될 것이라는 결과를 생각하지 않았다.

단지 이 정도 세기로 가격을 했으면 팔뼈가 부러지거나 손바닥과 손가락이 작살났을 것이라고 짐작할 뿐이다.

그런데 손을 들여다보니 아무렇지도 않았다. 너무나 말짱했다. 희한한 일이다.

또한 방금 전까지 옥수였던 손이 지금은 본래의 손으로 되돌아와 있었다.

"이거 어떻게 된 거야?"

중얼거리다가 퍼뜩 한 가지 생각이 났다. 벽면을 파다가 손아귀가 찢어져서 피가 나고 엉망이었는데 지금은 그 상처마저도 감쪽같이 사라진 상태다.

"어떻게 이런 일이……."

눈을 깜빡거리면서 자세히 들여다보고 손을 뒤집으며 이리저리 살폈으나 긁힌 흠집조차 눈에 띄지 않았다.

독고성이 남긴 서찰에는 이곳 천신동에 만년혈천수와 만년옥정유가 있다고 적혀 있었고, 기개세에게 그것을 복용하라고 했었다.

그러나 두 가지 성수(聖水)와 영유(靈油)는 그가 서찰을 읽기도 전에 사라졌다.

만년혈천수는 물인 줄 알고 마셨다가 죽을 고생을 치렀으며, 물이라고 생각했던 만년옥정유는 오른손으로 스며들었다.

삼라만상을 유지하고 성장시키는 것은 두 가지 기운인데, 그것이 곧 극양지기(極陽之氣)와 극음지기(極陰之氣)다. 즉, 음양지기(陰陽之氣)인 것이다.

그 두 가지 기운은 땅속과 대기 중을 흐르고 있으며, 대지 깊은 곳의 어느 특정한 장소에서 시작되고 끝난다. 그곳을 천양천(天陽泉)과 지음천(地陰泉)이라고 한다.

중원 대륙에는 그 장소가 최소한 세 군데 정도 있으며, 이곳 천신동 지하가 그중 한 곳이다.

극양지기와 극음지기는 천하의 땅속을 운행하다가 천양천과 지음천으로 돌아오고 또다시 천하의 땅속으로 흘러나가기를 억겁의 세월 동안 반복하고 있다.

눈에 보이지도 않고 냄새도 없는 공기와도 같은 극양지기와 극음지기는 천양천과 지음천에 모이고 흘러나가기를 끝없이 반복하는 과정에서 극소량의 정화(精華)를 만들어낸다.

그것은 겨우 백 년에 한 방울 정도인데, 위쪽 암반 속으로 스미어 올라 고인다.

그것을 각기 만년혈천수와 만년옥정유라 부르고, 한 됫박 정도 분량이 고이려면 족히 만 년 이상이라는 장구한 세월이 소요된다.

그러므로 만년혈천수와 만년옥정유에는 무궁무진한 신비의 효능이 있다.

기개세는 만년혈천수를 복용했기에 온몸의 부러졌던 뼈와 중독이 깨끗이 치료됐으며, 만년옥정유가 손에 스며들어 옥수(玉手)로 화했다.

하지만 그것은 만년혈천수와 만년옥정유가 지닌 효능의 백분의 일에도 미치지 못한다.

기개세의 시선이 이끌리듯이 장인으로 향했다. 무엇을 기대하고 쳐다보는 것이 아니라 단지 자신의 손을 보고 나서 취하는 조건반사적인 행동일 뿐이다.

"헛?"

그런데 장인을 본 그의 얼굴이 놀라움으로 물들었다. 완전히 박살이 났으며 원래 위치에서 안쪽으로 반 자 정도 움푹 들어가 있었다.

설인검으로 힘껏 찍어도 흠집조차 낼 수 없었던 장인이 단지 손바닥으로 가격했는데 박살이 나고 안으로 반 자나 들어가다니 있을 수 없는 일이다.

바짝 긴장하여 가까이 다가가 자세히 살펴보았다. 방금 전까지만 해도 '장인을 가격하여 출구를 여는 것은 사기'라고 큰소리쳤으나 막상 장인을 박살 내놓고는 출구가 열리지 않을까 기대를 하는 것이다.

그러나 기대와는 달리 박살 난 장인과 벽면에서는 아무런 변화도 일어나지 않았다.

기개세의 얼굴이 보기 흉하게 일그러졌다.

"저 영감탱이를 확 죽여 버리고 말겠다!"

죽은 독고성을 다시 죽이겠다고 이를 바득바득 갈았다.

우르르.

그런데 바로 그때 은은한 진동음이 들렸다.

"어?"

놀라서 두리번거리는데 이번에는 소리뿐 아니라 그의 몸이 마구 흔들렸다.

우르르르.

"어엇?"

그는 쓰러질 듯이 크게 비틀거리면서 황급히 뒤쪽 독고성 옆으로 물러섰다.

웅웅웅.

그러자 진동은 계속되는데 몸은 흔들리지 않았다.

그의 시선이 재빨리 방금 전까지 자신이 서 있던 장인 앞의 바닥으로 향했다. 진동음이 그곳에서 나고 있었다.

다음 순간 추호도 예상하지 않았던, 그리고 놀라운 일이 그의 눈앞에서 벌어지기 시작했다.

웅웅웅.

그가 서 있던 돌바닥이 몹시도 육중하게, 그리고 아주 느리게 양쪽으로 갈라지고 있었다.

"……."

기개세는 눈을 부릅뜨고 입을 딱 벌린 채 뚫어지게 주시했다. 그는 직감적으로 저것이 출구라고 생각했다.

지금 이 순간 그의 마음은 수많은 생각으로 복잡했다. 그러나 한 가지 분명한 것은 가슴이 터질 듯한 기쁨이었다.

쿵!

이윽고 진동이 멈추고 그 자리에는 폭 석 자 정도의 괴물의 아가리 같은 사각의 구멍이 생겼다.

기개세는 마른침을 꿀꺽 삼키고 나서 조심스럽게 구멍으로 다가가 아래를 굽어보았다.

"아!"

순간 그의 입에서 나직한 탄성이 흘러나왔다. 구멍 아래에는 계단이 일직선으로 뻗어 있었는데 그 끝이 보이지 않을 정도로 깊고 길었다.

'출구가 틀림없다!'

번갯불에 맞은 듯 온몸에 전율이 흘렀다. 다시 인간 세상으로 돌아갈 수 있게 되었다는 사실이 꿈처럼 여겨졌다.

천옥신장을 팔성 이상 연마한 후에 장인을 가격해야 열린다는 출구가 어째서 맨손으로 가격했는데도 열렸는지는 지금 그다지 중요하지 않다.

중요한 것은, 지금 기개세의 눈앞에 출구가 열려 있다는 사실뿐이다.

"진정하자. 진정해라, 기개세."

격동하는 마음을 가라앉히기 위해서 한참이나 심호흡을 해야만 했다.

이어서 그는 서둘러 석실로 가서 침상 위 기름종이에 들어 있던 세 벌의 옷 중에서 황의 경장을 입은 후 준비해 둔 보석함을 가지고 다시 구멍으로 돌아왔다.

하지만 선뜻 구멍 안으로 내려가지 않았다. 겁이 나기 때문이 아니다.

뭐라고 딱 꼬집을 수는 없지만, 뭔가 미진함이 남아 있는 듯한 기분이 들었다.

슥—

고개를 돌려 독고성의 뒷모습을 쳐다보았다.

결과적으로 독고성은 사기를 치지 않았다. 아니, 비단 사기를 치지 않았을 뿐만 아니라 어마어마한 보물을 남겨서 기개세를 천하제일의 부자로 만들어주었다.

그런 독고성을 사기꾼이라 하고 두 번이나 죽이려고 했던 것이 슬그머니 미안해졌다.

기개세는 걸음을 옮겨 독고성 앞으로 갔다. 이어서 그를 물끄러미 응시하다가 그 자리에 무릎을 꿇고 처음에 했던 것처럼 아홉 차례 절을 올렸다.

구배지례를 올리고 나서 무릎을 꿇은 단정한 자세로 독고성을 바라보았다.

독고성이 사기를 치지 않았다면, 서찰의 내용이 모두 사실이라는 뜻이다.

결과적으로 독고성이 기개세에게 해를 입힌 일은 하나도 없다. 아니, 오히려 기개세에게는 일생일대의 대은인이다.

천하제일의 부자로 만들어준 것 한 가지만으로도 기개세

가 죽을 때까지 독고성의 제사를 지내줘도 모자랄 판국이다.

그런데 기개세는 만년혈천수와 만년옥정유 둘 중 하나를 복용했다(그는 그렇게 생각하고 있다). 그 덕분에 뼈가 부러진 것이나 중독이 완전히 치료가 되었다.

뿐인가. 아직 이렇다 할 효험이 드러나지는 않았으나 기개세는 독고성의 내단까지 먹었다.

그가 알고 있는 상식에 의하면 내단은 무림의 절정고수가 죽기 전에 자신의 공력을 응축시켜서 남기는 분신과도 같은 것이다.

그러므로 그것을 복용한 기개세는 독고성의 분신이 된 것이나 다름이 없다.

이곳 천신동에 들어와서 며칠 동안 여러 우여곡절을 겪었으나 막상 떠나려고 하자 조금 전까지만 해도 느끼지 못했던 독고성에 대한 여러 감정이 기개세의 정신과 마음에 가득 엄습했다.

생전 처음 느끼는 묘한 감정이 가슴속에서 꿈틀거렸다.

기개세는 지그시 입술을 깨물고 나서 나직하면서도 또렷한 목소리로 입을 열었다.

"사부님, 부디 극락왕생하십시오."

그 말밖에 할 말이 없다. 천검신문의 구대문주 어쩌고저쩌고 하는 것은 애당초 관심이 없고, 그러므로 천신록의 무공은 배울 생각도 하지 않았다.

단지 생애 최초로 자신이 구배지례를 올리고 또 어마어마한 은혜를 베풀어준 상대에 대한 최소한의 예의를 갖추는 것이라고 생각했다.

일어서려던 기개세는 뚝 동작을 멈추었다. 그의 시선은 독고성 앞에 가로로 놓여 있는 한 자루 검에 고정되었다.

왜 그런지는 모르겠지만 검을 보는 순간 그는 팽팽한 긴장감을 느꼈다.

천천히 다가가 검을 집어들었다.

척!

검을 손에 잡은 순간 긴장감은 친밀감과 편안함으로 바뀌었다. 왠지 모르게 심신이 더할 나위 없이 안온해졌다.

석 자 반 정도 길이의 고색창연한 분위기의 검이다.

특이한 장식이나 조각 같은 것은 없으며, 검실(劍室:검집)은 얇고 가벼운 쇠 종류로 만들어졌는데, 흰 바탕에 푸르고 흰 무늬가 그려져 있는 것이 흡사 맑은 하늘에 몇 조각의 구름이 흘러가고 청명한 하늬바람이 부는 듯한 느낌이다.

또한 검파(劍把:손잡이)에는 ‘천신(天神)’이라는 두 글자가 볼록 튀어나오게 양각(陽刻)되어서 잡으면 손에서 미끄러지지 않을 듯했다.

글자로 미루어 이 검의 이름은 천신검(天神劍)인 것 같았다.

마음이 급한 기개세는 천신검을 뽑아보지 않고 그냥 오른쪽 어깨에 메고 끈을 단단히 묶었다.

　이어서 독고성에게 한차례 일별을 던진 후 곧장 구멍으로
향했다.

　어차피 나중에 보석을 더 챙기려면 다시 이곳에 와야 한다.
그러니까 독고성하고는 영원한 이별이 아닌 것이다.

　"영차!"

　쿵!

　구멍 아래 계단 맨 위로 뛰어내린 후 천천히 아래로 내려가
기 시작했다.

　자박, 자박, 덜컥!

　다섯 계단쯤 내려왔을 때 발밑이 약간 아래로 꺼지는 듯한
느낌이 들어서 멈추었다.

　웅웅웅.

　순간 머리 위에서 예의 아까처럼 육중한 기관음이 들려서
급히 쳐다보자 구멍이 닫히고 있었다.

　방금 디딘 계단이 약간 아래로 꺼지는 느낌이었는데 그것
이 출구를 닫게 하는 기관장치인 듯했다.

　닫히고 있는 구멍으로 독고성의 뒷모습이 보여 기개세는
시선을 떼지 않고 뚫어지게 쳐다보았다.

　"헛헛헛! 제자야! 잘 다녀오너라!"

그때 낭랑하면서도 자상한 목소리가 구멍 밖에서 들리는 것 같았다.

"사부님."

뭔가 울컥하고 가슴에서 치미는 것이 있었다.

쿵!

기개세가 쳐다보고 있는 중에 구멍이 완전히 닫혔다.

그는 닫힌 구멍을 한동안 쳐다보았다. 누군가가 심장을 힘껏 움켜쥔 것 같은 기분이 들었다.

그는 한동안 꼼짝 않고 그렇게 서 있다가 이윽고 시선을 거두고 다시 계단을 내려가기 시작했다.

가슴속에서 잔잔한 파문이 일었다. 조금 전에 독고성 앞에서는 느끼지 못했던 기묘한 감흥이 가슴과 정신을 살며시 흔들고 있었다.

자박자박.

계단 양쪽은 단단한 돌로 이루어진 벽이다. 가파른 계단은 반 시진 가깝게 내려갔는데도 계속 이어지고 있었다.

지난 반 시진 동안 내내 독고성에 대해서 생각하면서 내려가던 기개세는 문득 어떤 생각이 들어서 나직한 탄성을 터뜨리며 뚝 걸음을 멈추었다.

"아!"

그리고는 급히 자신이 지나온 계단 위쪽과 좌우, 그리고 머리 위 천장을 둘러보았다.

어디 한 군데 빛이라곤 없다. 말하자면 이곳은 암흑 같은 곳이라는 뜻이다. 그런데도 신기하게 그에게는 대낮처럼 환하게 보이고 있었다.

'그럼 천신동에서는……'

처음에 천신동에 떨어졌을 때에는 코끝조차 보이지 않는 암흑이었다.

그런데 구덩이의 물, 즉 만년혈천수를 마시고 극심한 고통을 겪고 난 후에는 천신동이 대낮처럼 환하게 보였다.

그때는 죽어서 저승에 왔기 때문에 그러는 것이라고만 여겼다.

이후 독고성과 그가 남긴 서찰을 읽고 나서는 너무나 놀란 나머지 자신이 치료된 것이나 주위가 환하게 보이는 것에 대해서 미처 생각할 겨를이 없었다.

그런데 이제야 가만히 생각해 보니 부러진 뼈가 나은 것이나 독상이 치료된 것, 장인을 박살 낸 것, 그리고 암흑 속에서도 대낮처럼 환하게 보이는 것이 만년혈천수를 마셨기 때문인 듯했다.

'이 모든 것은 사부님께서 주신 것이다.'

따지고 보면 기개세가 우연히 천신동에 들어오지 않았다면 지금도 단혼애에서 처절한 고통을 당하며 살아남기 위해 발버둥치고 있었을 것이다. 아니, 어쩌면 이미 죽었을지도 모르는 일이다.

'그게 아니다. 사부님께선 내가 천신동에 올 것이라는 사실을 삼백 년 전에 미리 알고 계시지 않았는가.'

그렇다면 기개세가 단혼애에 추락한 것은 결코 우연한 일이 아니라는 뜻이다.

어쩌면 그것은 이미 오래전에 운명에 의해서 정해져 있었을 것이다.

기개세의 입가에 흐릿한 미소가 피어났다.

"우헤헤, 어쨌든 천하제일 부자가 된데다 놀라운 재주까지 생겼으니 겹경사로구나."

그는 다시 계단을 내려가기 시작하여 일각 후엔 맨 밑바닥에 당도했다.

아니, 정확하게 말하자면 그곳은 맨 밑바닥이 아니었다. 계단은 계속 아래로 이어지고 있었는데 멈출 수밖에 없는 상황이 벌어졌다.

기개세 앞에는 지름 오륙 장 남짓의 아담한 지하 연못이 있고, 계단은 연못 속으로 이어져 있었다.

연못물은 매우 맑아서 아래로 이어진 계단이 또렷이 보였다. 이십 계단쯤 더 내려간 곳에 작은 자갈이 곱게 깔린 바닥이 있고, 그 앞쪽에 하나의 수중 동굴이 있었다.

물속을 주시하며 잠시 생각에 잠기던 기개세는 보석함을 품속에 넣고 단단히 동여맨 후 그대로 물속으로 뛰어들었다.

첨벙!

이어서 날렵하게 유영을 하여 빨려들 듯이 수중 동굴 속으로 들어갔다.

어릴 때부터 하라는 무공 연마는 하지 않고 매일 동네 아이들하고 어울려서 놀러 다녔던 그다.

무창성 북쪽으로 장강(長江)과 한수(漢水)가 흘러와서 합쳐지고, 또 주변에는 양자호(梁子湖)와 장도호(張渡湖), 무호(武湖) 등 수많은 호수들이 산재해 있었으므로 헤엄을 치는 것은 그의 일상사였었다.

수중 동굴을 이십여 장쯤 유영해 가자 전면이 은은하게 밝아지기 시작했다.

출구가 멀지 않았음을 감지한 기개세는 더욱 팔다리를 활발하게 움직여 속도를 높였다.

잠수한 지 반 각이 넘어가고 있는데도 조금도 숨이 차지 않는다는 사실을 그는 미처 깨닫지 못하고 있었다. 이제 잠시 후면 바깥세상에 나갈 수 있다는 흥분 때문이다.

귀식대법을 사용하지 않고도 며칠 동안이나 숨을 쉬지 않을 수 있는 것은 순전히 만년혈천수를 복용한 덕분이다.

만년혈천수에는 그 외에도 경이로운 효능이 수없이 많다.

장차 기개세는 그 효능들이 하나씩 나타날 때마다 경악하게 될 것이다.

빛이 아주 밝아졌다. 수중 동굴이 끝나고 동굴 입구 바깥에서 빛이 새어 들어오고 있었다.

동굴 입구에는 커다란 바위 여러 개가 촘촘하게 가로막고 있었으나 기개세의 몸뚱이 하나 빠져나가는 데에는 별 어려움이 없었다.

바위 사이를 빠져나온 후 돌아보니 방금 나온 동굴 입구가 여러 개의 바위에 가려서 전혀 보이지 않았다.

그 정도면 누가 이곳에 잠수를 한다고 해도 여간해서는 수중 동굴을 찾아내기 어려울 듯했다.

그가 나온 곳은 꽤 넓고 깊은 소(沼)였다. 위쪽 수면에서 찬란한 햇빛이 쏟아져 내렸고, 한쪽에서 귀를 먹먹하게 만드는 굉렬한 음향이 들렸다.

쿠쿠쿠쿠쿠!

이십여 장 높이에서 거세게 하강하고 있는 폭포였다.

촤아―!

수면으로 올라온 기개세는 재빨리 주위를 둘러보았다.

십여 장 떨어진 곳에서 웅장한 폭포가 낙하하고 있었고, 중천에 뜬 눈부신 태양이 보였으며, 양쪽에는 우거진 숲이 보였다.

'여기는?

기개세는 낯익은 풍경에 가볍게 놀라는 표정을 짓고는 빙그레 미소를 지었다.

이 모든 일의 발단인 벽검문 소문주를 납치하여 구화산을 올라가다가 이곳을 지나친 적이 있었다.

그의 기억이 틀리지 않는다면 이 강은 구화산 서남쪽에서 북쪽으로 흘러 장강으로 합쳐지는 귀지수(貴池水)이고, 삼십여 리쯤 하류에는 귀지현(貴池縣)이라는 제법 큰 현이 있을 것이다.

물가로 나온 그는 이곳 지형을 똑똑히 기억하려는 듯 천천히 주위를 한차례 둘러본 후 이윽고 강가를 따라서 걸음을 옮겼다.

귀지현에 가서 배를 타고 장강을 거슬러 오르면 늦어도 내일 저녁 이전에는 무창성에 도착할 수 있을 것이다.

발걸음이 그 어느 때보다도 가벼웠다. 걸음이 점점 빨라지더니 얼마 지나지 않아서 달리기 시작했다.

第七章

조부(祖父)의 죽음

기개세는 귀지현에서 배를 타기 전에야 자신이 구화산 절곡과 천신동에서 닷새 동안이나 갇혀 있었다는 사실을 알게 되었다.

배를 타고 그 다음날 초저녁 무렵에 무창성 포구에 도착했을 때에는 집을 떠난 지 십육 일째가 되었다.

그런데도 그는 집으로 돌아갈 생각을 하지 않았다. 구화산에서 죽어라고 생고생을 했으니까 그 보상으로 오늘 밤만큼은 단골 쌍봉루에 친구들을 불러 모아서 진탕 먹고 마시면서 즐기고 싶었다.

천신동에서 갖고 나온 보석도 두둑하게 있겠다, 이제는 외상값을 집으로 받으러 가라고 하지 않아도 되고, 그것 때문에 부친에게 박살 나는 일도 없을 것이다.

기개세를 본 설봉과 화봉, 즉 설화쌍봉은 그에게 달려들어 안기면서 어디에 갔다가 이제야 왔느냐고, 보고 싶어서 죽을 뻔했다면서 울고불고 난리가 났다.

기개세는 흐뭇하게 미소를 지으며 그녀들을 양쪽에 끼고 엉덩이만 두드릴 뿐 아무 말도 하지 않았다.

그는 구화산 천신동에서 있었던 일은 아무에게도 말하지 않을 생각이다.

다른 이유는 없다. 말이 새어 나갔다가 그곳에 있는 보물을 도둑맞을까 봐 그러는 것이다.

쌍봉루는 무창성에서 유명한 다섯 개의 기루, 즉 무창오루(武昌五樓) 중에 하나일 정도로 규모가 큰데, 오늘 기개세는 쌍봉루의 맨 위층인 삼층을 통째로 빌렸다.

통째라고는 하지만 기개세 일행은 삼층 한복판에 있는 가장 큰 방에 모여 있었다.

삼층을 통째로 빌린 이유는 평소에 기개세 일행이 워낙 거하게 놀아서 다른 손님들에게 피해를 끼치기 일쑤라서 오늘만은 그러지 않기 위해서다.

"저… 기 대가(氣大哥), 외상이 너무 밀려 있어요. 이미 삼천 냥이 넘었어요."

쌍봉루 총관 매염(梅艶)이 방에 들어와 쭈뼛거리면서 기개세에게 조심스럽게 말했다.

무창성의 모든 사람들은 남녀노소를 막론하고 모두 기개세를 '대가' 라고 부른다.

원래 쌍봉루 같은 최고급 기루는 외상을 하지 않지만 기개세만은 예외다.

설봉과 화봉의 시중을 받으면서 술을 마시던 기개세가 약간 취기가 오른 벌건 얼굴로 매염을 쳐다보았다.

"우리 엄마가 외상값 안 줬어?"

이십팔 세의 매염은 삼 년 전까지 쌍봉루의 간판급 기녀 노릇을 하다가 물러난 후 총관이 되었다.

그러니만치 미색과 몸매가 뛰어나고 산전수전 두루 겪은 구미호다.

그렇지만 모든 사람들이 그렇듯이 그녀 역시 기개세에게만은 언제나 한 수 양보한다.

"사람을 보냈는데 대부인을 만나기도 전에 경호무사에게 발각되어 총련주(總聯主) 앞에 끌려가서 치도곤을 당하고 돌아왔어요. 게다가 총련주께서 앞으로 기 대가께 외상을 주는 기루는 영업을 중지시키겠다고 말씀하셨다는군요."

"이런 노친네가……."

입으로는 노친네 운운하면서도 기개세의 얼굴에는 웃음이 가득했다.

원래 기개세가 무창성에서 외상을 달아놓으면 모친이 다

갚아주었었다.

"그러니 이 술자리도 이쯤에서 파해주셨으면……."

매염으로선 정말 하기 어려운 말이지만 할 수밖에 없다. 쌍봉루의 사활이 걸렸기 때문이다.

기개세에게 외상을 주는 것이 발각되면 쌍봉루의 문을 닫을 수밖에 없다.

"괜찮아요, 총관."

그때 문 쪽에서 영롱한 목소리가 들려왔다.

"루주."

목소리만 듣고서도 그 사람이 쌍봉루주라는 것을 알아차린 매염은 급히 자세를 가다듬고 공손히 허리를 굽혔다.

쌍봉루주 가란(佳蘭)이 기개세의 얼굴에서 시선을 떼지 않은 채 생글생글 미소를 지으면서 사붓사붓 걸어 들어왔다.

"기 대가께 외상을 주었다가 총련주께서 본 루의 문을 닫으라고 하시면 닫으면 되는 거예요."

"루주……."

이십 세의 가란은 머리를 틀어 올리고 최고급의 비단옷을 입은 우아한 아름다움을 지닌 여인이다.

무창성에서 가장 깐깐하고 도도하며 오만한 여자가 누구냐고 묻는다면 누구든 두 번 생각할 것도 없이 가란을 가리킬 것이다.

그런 가란이지만 기개세 앞에서는 순한 양이고 그가 요구하는 것은 무엇이든 가리지 않고 들어준다. 아니, 그것은 차라리 복종이라고 해야 옳다.

"이리 와라, 란아."

가란의 말에 기분이 좋아진 기개세가 빙그레 미소 지으며 고개를 끄덕였다.

두 손으로는 설봉과 화봉을 만지고 있기 때문에 고개를 끄덕일 수밖에 없는 상태다.

긴 치마를 사륵사륵 끌면서 가까이 다가온 가란은 기개세 앞에 다소곳이 섰다.

그의 양쪽에는 설화쌍봉이 찰싹 달라붙어 앉아 있기 때문에 가란이 앉을 데가 없다.

"응. 여기 내 무릎에 앉아라."

"네."

한두 번 있었던 일이 아닌 듯 가란은 기개세의 무릎, 아니, 허벅지에 살포시 엉덩이를 붙이고 앉아 그의 어깨에 상체를 기댔다.

기개세는 설화쌍봉의 엉덩이에서 손을 떼고 가란의 엉덩이를 두드렸다.

"오늘은 외상 아니다."

"외상이라도 괜찮아요."

기개세의 말에 가란은 배시시 미소 지었다.

"옜다. 너 가져라."

그는 손을 쑥 가란의 앞섶 속으로 집어넣었다.

가란은 명문가의 여식이다. 비록 가문을 일으키려고 쌍봉루를 차린 모친의 뒤를 이어 루주가 되었으나 이날까지 사내에게 눈길 한 번 준 적이 없는 순결지신이다.

그런데도 기개세가 자신의 앞섶에 손을 넣어 젖가슴을 만지는 데에도 놀라거나 거부하지 않고 오히려 생글생글 미소를 지었다.

그녀는 기개세가 '옛다. 너 가져라' 라고 한 말이 자신의 손을 가지라는 말인 줄 알았다.

기개세의 손은 가란의 풍만하고 따뜻한 젖가슴을 두어 차례 주무르고 유두를 살짝 비틀더니 구렁이처럼 빠져나갔다.

그런데 가란은 자신의 젖가슴 사이 가슴골에서 무언가 차가운 느낌을 받고 살짝 손을 넣었다가 꺼냈다.

"어마?"

그녀의 섬섬옥수에는 호두알만 한 크기의 붉은 보석 하나가 놓여 있고, 보석에서 영롱한 빛이 뿌려졌다.

가란의 눈이 커다랗게 떠지며 얼굴 가득 놀라움이 떠올랐다.

"이것은 강옥석(루비)이 아닌가요?"

"그래, 그 정도면 술값 되겠어?"

몰락한 명문가에서 자란 가란은 이 정도 크기의 강옥석이면 족히 금화 이삼만 냥의 값어치가 나간다는 사실을 어림짐작으로 알 수 있었다.

여러 번 자세히 들여다봐도 가짜가 아닌 틀림없는 강옥석
이라서 가란은 조금 전보다 더 놀라는 표정을 지었다.

그러더니 곧 강옥석을 기개세에게 공손히 돌려주었다.

"받을 수가 없어요."

"가짜야?"

"아니에요. 일등품의 강옥석이 분명해요."

"그런데 어째서 받을 수 없다는 거지?"

"이 정도면 금화 삼만 냥, 은자 백오십만 냥의 가치예요.
너무 커서 도저히 받을 수 없어요."

그녀의 말에 설화쌍봉과 이 자리에 있는 모든 사람이 경악
하여 쳐다보았다.

기개세는 가란의 그런 순수함과 솔직함을 좋아한다.

"넣어둬. 그리고 앞으로 나한테 술값 받지 않으면 되잖아.
안 그래?"

쌍봉루의 하루 매출이 은자 삼천 냥 정도니까 백오십만 냥
이면 꼬박 일 년 반 가까이 벌어야 만질 수 있는 액수다.

가란은 손에 강옥석을 올린 채 그윽한 눈빛으로 기개세를
바라보았다.

"꼭 그래야 하시겠다면 앞으로 기 대가께는 술값을 받지
않겠어요."

"알았다. 도장."

기개세는 여자하고 무엇인가를 약속하거나 거래를 할 때

는 꼭 입술 도장을 받는다.

가란은 즉시 도톰하고 새빨간 입술을 기개세의 입에 가만히 밀착시켰다.

그리고는 살짝 혀가 미끄러져 들어가 기개세의 혀를 가만히 건드리고는 빠져나갔다.

입술을 떼는 가란의 얼굴에 한줄기 아쉬움이 빠르게 떠올랐다가 사라졌다.

"너희들도 보석 하나씩 주랴?"

기개세가 설화쌍봉에게 기세 좋게 말하자 그녀들은 살래살래 고개를 가로저으며 종달새처럼 종알거렸다.

"소녀들은 기 대가만 있으면 되어요."

가란과 설화쌍봉, 그리고 기개세의 친구들은 아무도 보석이 어디에서 났느냐고 묻지 않았다.

"형곤(邢昆)."

기개세의 나직한 부름에 좌중에 있던 사람 중 한 명이 즉시 자세를 고쳐 앉았다.

"말하십시오, 금비라(金比羅)."

불법(佛法)을 지키는 야차(夜叉)들의 우두머리가 금비라다.

기개세와 그를 따르는 무리는 나름대로 협의를 지키고 악을 응징한다는 결의를 맺었다.

그래서 그들은 자신들을 야차라 하고 우두머리인 기개세를 금비라라고 칭하는 것이다.

그래서 이들 무리의 이름마저 염마당(閻魔堂)이라고 지었다.

염마당은 무창성 밑바닥 민초들 사이에서는 꽤 유명한 이름이고 나름대로 약간의 존경도 받고 있다.

가난한 장사치들이나 성민들을 괴롭히는 무뢰배들을 염마당이 혼내주기 때문이다.

"안휘성 벽검문의 소문주라는 계집애에 대해서 자세히 알아봐라."

"알겠습니다."

공손히 이마를 바닥에 댔다가 허리를 펴는 형곤은 이십이삼 세가량의 청년으로, 호리호리한 체구에 갸름한 얼굴이며, 한쪽 눈 옆에서 코를 가로질러 반대편 뺨까지 선명한 칼자국 흉터가 그어져 있다.

흉터가 아니면 매우 준수한 용모였을 텐데 그것이 그를 섬뜩하게 만들었다.

그는 무창성에 적을 두고 있는 일곱 개 하오문 중에서 가장 세력이 작은 신월방(新月幫)의 젊은 방주다.

하지만 그보다는 금비라, 즉 기개세의 최측근인 삼야차(三夜次) 중에서 천야차(天夜叉)로 더 잘 알려져 있다. 또한 그는 삼야차의 맏형 격이다.

처음부터 형곤이 기개세의 수하였던 것은 아니다.

무창성의 다른 하오문들이 대개 그렇듯이 형곤이 방주로 있는 신월방도 성내의 한 귀퉁이에 손바닥만 한 조그만 세력

권을 형성하고는 성민들에게 거의 착취나 다름이 없는 돈을
우려내는 일을 주업으로 삼았었다.

어린 나이에 하오문을 만들어 방주가 된 형곤은 어떻게 해
서든 무창성에 뿌리를 내리기 위해서 물불 가리지 않고 악착
을 떨었다.

그 당시에 기개세는 불과 십오 세였으며, 걸핏하면 감옥 같
은 집에서 도망쳐 나와 무창성에서 살다시피 하며 건달들과
어울려 지냈었다.

그때 그가 숙식을 하고 있는 작은 객잔에 형곤과 패거리들
이 수금을 하러 왔었고, 돈을 내지 못한 객잔 주인이 복날에
개 두들겨 맞듯이 치도곤을 당하는 것을 우연히 목격하게 되
어 형곤 패거리와 시비가 붙게 됐었다.

결국 기개세와 형곤은 일대일로 생사 대결을 벌였고, 둘 다
피투성이 곤죽이 된 상태에서 기개세가 가까스로 승리를 거
두었다.

그런데 싸우는 와중에 서로 의기가 상통한 두 사람은 급속
도로 가까워졌다.

그러나 기개세는 형곤과 친구가 되길 원했고, 형곤은 자신
이 패했으므로 수하가 돼야 한다고 우겼다.

어쨌든 두 사람은 급속히 가까워졌으며, 그날 이후 지금껏
수많은 난관을 헤쳐 오고 있는 중이다.

"고태(高泰), 이것을 챙겨둬라."

기개세가 품속에서 보석함을 꺼내 내밀자 좌중에서 또 한 사람이 일어나 조심스럽게 다가와 두 손으로 보석함을 받아 갈무리했다.

그는 아담한 체구에 십칠팔 세가량의 소년으로 얼굴이 하얗고 예쁘장해서 흡사 앳된 어린 소녀 같은 용모다.

또한 일신에 유생 차림을 하고 있으며 머리에는 유생건과 손에는 흰 섭선(攝扇:부채)을 쥐고 있는 모습이 영락없는 글줄깨나 읽은 서생이다.

고태는 무창성에서 가장 역사가 깊은 명문 유림(儒林)인 청유서원(靑儒書院) 원주의 막내아들이며 삼야차의 셋째인 인야차(人夜叉)다.

기개세는 고태에게 준 보석함에서 삼십 개 정도의 보석을 꺼내서 따로 챙겨두었다.

고태가 자리로 돌아가자 다른 한 명이 벌떡 일어나 우렁우렁한 목소리로 외치듯 말했다.

"대형(大兄)! 나는 뭘 합니까?"

가죽으로 만든 반바지와 소매 없는 상의를 입은 거구에 두억시니처럼 험상궂게 생긴 이십오륙 세 정도의 청년이며 어깨에는 한 자루 흑창(黑槍)을 메고 있다.

그는 삼야차의 둘째 지야차(地夜叉)로 이름은 철웅(鐵雄)이고, 푸줏간집 아들이다.

그의 실제 나이는 십구 세인데 워낙 우락부락하게 생기고 구레나룻과 시커먼 수염 때문에 훨씬 나이가 들어 보인다.

다른 사람들은 기개세를 '금비라', 혹은 '기 대가', 그리고 '대공자'라고 부르지만 철웅은 꼭 '대형'이라고 부른다.

"철웅 너?"

"네."

철웅은 기대 어린 표정으로 기개세를 주시했다.

기개세는 술잔을 들어 올리며 웃었다.

"마시자."

"알겠습니다."

쌍봉루에서 가장 큰 방인 이곳의 상석에는 기개세와 설화쌍봉, 가란이 앉았으며, 양옆에는 서로 마주 보는 자세로 삼야차가 아리따운 기녀 한 명씩을 끼고 앉아 있었다.

"건배!"

"금비라를 위하여!"

"기 대가를 위하여!"

기개세와 삼야차, 가란과 설화쌍봉, 삼야차 곁에 찰싹 붙어 앉은 세 명의 기녀, 루주가 일제히 잔을 높이 들어 올리며 큰 소리로 외쳤다.

그러나 그들은 건배한 술을 마시지 못했다.

왈칵!

그때 거칠게 방문이 열리면서 한 무리의 흑의인들이 우르르 쏟아져 들어왔기 때문이다.

열 명의 흑의인들이 실내에 들이닥쳤으나 일말의 소리도 나지 않았다. 그들은 눈 깜짝할 사이에 기개세 일행을 포위해 버렸다.

흑의인들은 일신에 칠흑 같은 흑의 경장을 입었으며, 왼쪽 어깨에서 가슴을 가로질러 반대편 허리까지, 그리고 허리에 흑색의 가죽 띠를 찼고, 어깨에는 한 자루의 검을, 머리에는 얇은 강철로 만든 흑광을 발하는 검은 투구를 썼는데, 투구는 정수리에 하나의 뾰족한 한 뼘 길이의 흑색 침이 솟아 있고, 코와 뺨까지 덮고 있으며 두 눈만 내놓고 있는 모습이다.

그리고 투구의 이마에 각기 일에서 십까지의 숫자가 새겨져 있었다.

흑살대(黑殺隊)가 그들을 지칭하는 호칭이다. 그들을 설명하는 말로는 '흑살대' 라는 이름 외에 적당한 표현이 없다.

천하 사파의 집대성인 사도구련(邪道九聯)은 사파의 아홉 개 큰 지파(支派)가 모여서 이루었으며 절대자는 사도총련주(邪道總聯主)다.

흑살대는 사도총련주의 직속 친위 조직이며 흑살대원 백 명, 즉 흑살백수(黑殺百手)는 하나같이 사파 최고수들로 이루어졌다.

흑살대는 사파에서 뿐만 아니라 무림 전체에서도 공포의 대상으로 통한다.

그런 흑살대가 이곳 쌍봉루 삼층에 나타난 것이다.

　그러나 그들의 등장에도 기개세 일행은 깜짝 놀라기만 할 뿐 아무도 일어서거나 어떤 행동도 취하지 않았다. 단지 얼굴에 착잡한 표정이 떠올라 있을 뿐이다.

　일행은 흑살대가 기개세를 데리러 오는 것을 자주 봐왔기 때문에 이번에도 그러려니 하는 것이다.

　한 사람, 기개세는 놀라지도 착잡한 표정을 짓지도 않았다. 그는 흑의인들을 거들떠보지도 않고 손에 쥐고 있던 술잔을 입에 쏟아부었다.

　그의 허벅지에 앉아 있는 가란이나 양쪽에 찰싹 붙어 앉은 설화쌍봉은 만면에 아쉬운 표정이 가득할 뿐이지 겁을 먹거나 당황하지 않았다.

　그때 흑의인 중에 한 명이 기개세 앞으로 나서 공손히 허리를 굽혔다.

　"대공자(大公子), 가시지요."

　그는 다른 흑의인들하고는 약간 다른 복장이다. 허리까지 이르는 짧은 견폐(肩蔽:망토)를 걸쳤으며 투구가 흑색이 아닌 금색이다.

　흑살일수(黑殺一手), 즉 흑살대주(黑殺隊主)가 바로 그다.

　사도백대고수(邪道百代高手) 중 한 명이기도 하다.

　흑살대주의 권고에도 기개세는 끄떡하지 않고 빈 잔을 내밀자 그의 품에 안기다시피 한 가란이 고혹한 자태로 술을 따랐다.

“오늘은 여기서 자고 내일 집에 가겠다. 중건(仲建), 노친네에게 그리 전해라.”

그러나 흑살대주 중건의 입에서 충격적인 말이 흘러나왔다.

“이틀 전에 어르신께서 돌아가셨습니다.”

중건의 말에 기개세는 가란의 앞섶 속으로 젖가슴을 주무르던 왼손과 술잔을 입으로 가져가던 오른손이 동시에 뚝 멈추었다.

“할배가 죽어?”

그의 얼굴에는 장난하지 말라는 표정이 떠올라 있었다.

“그렇습니다.”

“정말이냐?”

장난이 아닌 것 같다고 여긴 기개세의 목소리가 팽팽하게 긴장했다.

“그렇습니다.”

“나를 데려가려고 거짓말하는 것이라면 중건 너는 죽은 목숨이다.”

“기꺼이.”

중건은 원래 거짓말을 하지 않는다. 그런 그가 이렇게까지 말한다면 틀림없는 사실이다.

“이런 빌어먹을… 팔팔하던 할배가 왜 갑자기 죽어?”

중얼거리는 기개세의 목소리에는 조금 전까지의 명랑함이 씻은 듯이 사라져 있었다.

"폐관 중에 주화입마에 드셨다고 합니다."

"망령이지. 다 늙은 주제에 무슨 폐관이야! 그러니까 주화입마에 들어서 죽잖아! 우라질!"

버럭 소리를 지른 기개세는 가란을 밀쳐 내고 벌떡 일어서더니 방문을 향해 성큼성큼 걸어갔다.

"가자."

방문을 나서는 기개세의 얼굴이 보기 흉하게 일그러졌다.

'빌어먹을! 할배의 임종을 지켜보지도 못했어!'

무창성에서 동쪽으로 십오 리 거리의 야트막한 능선 위에 거대하기 짝이 없는, 성채(城砦)라고 해야 마땅할 대전각군이 웅장하게 버티고 있다.

바로 천하 사파의 심장부인 사도구련 총련이다.

고루거각의 수만 무려 이백칠십 채, 상주 인구 칠천여 명.

총련 남쪽 오 리에는 둘레가 무려 이백여 리에 이르는 거대한 양자호가 위치해 있고, 북쪽 지척에는 장강이 서쪽에서 동쪽으로 흘러가고 있다.

원래 양자호와 장강은 팔 리 정도 떨어져 있었는데 총련이 그 사이에 세워지면서 운하를 뚫어 호수와 강을 이었다.

운하는 곧장 총련 한복판을 가로지른다. 양자호에 정박하고 있는 수백 척의 크고 작은 배들은 운하를 타고 총련을 지나 장강으로 나가게 되어 있다.

또한 운하는 총련 내에서 거미줄처럼 수십 줄기로 갈라지며 뻗어 있어서 둘레 삼십여 리의 총련 곳곳을 작은 배로 이동할 수 있었다.

드넓은 대전에는 많은 사람들이 모여 있다. 모두들 사파의 우두머리급 인물들이다.

그런데 그들은 대전의 안쪽 단상을 향해 질서있게 서 있으며 몹시 숙연한 표정이다.

단상에는 기름이 자르르 흐르는 검은색의 관 하나가 가로로 놓여 있으며, 관 바로 앞에는 두 사람이 나란히 서 있다.

천하 사파의 절대자이며 사도구련의 총련주인 사패황(邪覇皇) 기무군(氣武君)이고, 그 옆은 부인 한송연(韓淞蓮)이다.

철탑처럼 당당한 거구에 짧고 검은 반백의 수염으로 뒤덮인 용맹스러운 용모.

보통 사람보다 두 팔과 하체가 길고 손가락이 어린아이 손목만큼이나 굵고 커다란 손을 지닌 오십삼 세의 초로인이 바로 사패황 기무군이다.

부인 한송연은 사십오 세지만 삼십대 중반의 나이처럼 보이고 눈이 번쩍 뜨일 정도의 미모를 지니고 있다.

지금 기무군의 얼굴은 더없이 침통하고, 한송연의 눈에는 눈물이 고여 있다.

"할배!"

　그때 대전의 질식할 듯한 침묵을 깨고 낭랑한 외침과 급박한 발자국 소리가 입구 쪽에서 들려왔다.

　사람들의 시선을 한 몸에 받으면서 기개세가 구르듯이 달려들어 오고 있다.

　"세아!"

　언제나 그렇듯이 모친 한송연이 기개세를 맞이한다. 그러나 오늘 그녀의 목소리에는 평소처럼 기쁨과 반가움이 담겨 있지 않았다.

　기개세는 모친에게 눈길조차 주지 않고 곧장 검은 관을 향해 달려들었다.

　관 안에는 수의가 입혀진 한 명의 노인이 두 손을 가슴에 모은 채 누워 있었다.

　사패황 기무군의 부친이며 기개세의 조부인 천사존(天邪尊) 기화종(氣和宗)이다.

　백발에 희고 긴 수염을 기른 인자한 모습이며 잠을 자듯 단정한 모습이다.

　"할배!"

　기개세는 일그러진 얼굴로 조부 기화종에게 두 손을 뻗었다.

　"힘든 일은 수하들에게 시키지 않고 할배가 뭐 중뿔나게 무공 연마 하다가 이 꼴을 당해? 우라질!"

　"이 자식, 말을 삼가라."

　기개세 뒤에서 부친 기무군이 눈을 부라렸다.

"당신도 말조심하세요. 아버님 영전에서……."

그때 한송연이 살며시 기무군을 흘기며 꾸짖었다. 평소 남편에게 무조건 복종하는 그녀로서는 대단한 용기다. 그러나 며느리를 끔찍이도 아껴주었던 시아버지의 주검 앞에서는 더없이 경건한 그녀다.

"할배! 눈 좀 떠봐! 내가 왔어! 장난 그만 하고 어서 일어나보라구!"

그러나 기개세는 아랑곳하지 않고 기화종의 유체를 붙잡고 흔들면서 부르짖었다.

평소에 기개세를 눈에 넣어도 아프지 않을 만큼 예뻐했던 기화종이다.

그리고 폭군인 부친으로부터 기개세를 보호해 주는 바람막이였으며, 기개세의 일이라면 무엇이든 전폭적인 지지를 아끼지 않았다.

"크흐흑! 할배! 이따위 빌어먹을 관 속에 누워서 뭐 하는 거야? 얼른 나와서 나하고 술 한잔하자! 응? 아니, 지난번보다 더 예쁜 기녀 데려다 줄게! 뭐든 해줄 테니까 제발 일어나란 말이야! 크흐흑!"

오래전에 아내를 잃은 조부의 왕성한 정력을 위해서 기개세는 무창성의 기녀들을 몰래 데리고 와서 조부의 방에 넣어주었었다.

그리고 그런 사실은 지금 기개세의 입을 통해서 모두들 처음 알게 되었다.

"흑흑흑… 아버님……."

한송연은 기개세의 애절한 외침에 참았던 오열을 터뜨리면서 그 자리에 주저앉았다.

드넓은 대전에는 한송연과 기개세 모자의 애달픈 울음소리만 자늑자늑 울려 퍼질 뿐이다.

얼마나 시간이 흘렀을까. 울기도 지친 기개세 뒤에서 기무군의 묵직하며 침통한 목소리가 흘러나왔다.

"세아, 할아버님의 유언을 전하겠다."

그러나 기개세는 관을 부여잡고 엎드려서 어깨를 들먹일 뿐 꼼짝도 하지 않았다.

기무군은 뚫어지게 기개세의 뒤통수를 주시하며 엄숙한 어조로 입을 열었다.

"할아버님께선 너를 대정숙(大正宿)으로 보내라고 하셨다."

기개세는 돌아보지 않고 울먹이면서 물었다.

"대… 정숙이 뭔데?"

"공부를 하는 곳이다."

"공부?"

"그렇다. 무공과 학문을 함께 배우는 곳이다."

"무공과 학문을?"

기개세는 눈물이 가득한 눈으로 조부 기화종을 물끄러미 쳐다보다가 짧게 내뱉었다.

"안 가."

"이놈! 할아버님의 유언을 저버릴 셈이냐?"

"저버리지, 뭐."

"이놈 자식!"

기무군은 기개세 뒤로 한 걸음 성큼 다가들며 오른손을 번쩍 치켜들었다. 그러나 팔이 부들부들 떨리고 있지만 아들을 때리지는 못했다.

기개세를 매로 다스리지 못한다는 사실을 기무군은 이미 오래전에 깨달았다.

단 한 번도, 그리고 그 무엇도 부친의 뜻에 따라준 적이 없는 기개세였다.

매를 치면 차라리 죽이라고 버텼다. 호된 매질을 가하면 기개세는 팔다리가 부러지고 피를 토하며 혼절을 하면서까지 고집을 꺾지 않았다.

그래서 기무군은 기개세가 철이 든 이후 한 번도 그의 고집을 꺾지 못했다. 기개세는 자타가 인정하는 천하제일의 고집불통이다.

기무군은 힐끗 부인 한송연을 쳐다보았다. 이제 그녀에게 마지막 희망을 거는 수밖에 없다.

이 세상에서 기개세를 가장 아끼고 사랑하는 사람은 모친 한송연이다.

아들을 자신의 번듯한 후계자로 키우려고 하는 무지막지

한 부친으로부터, 사도구련의 아홉 장로, 즉 사도구로(邪道九老)의 억압으로부터 기개세를 지켜낸 것은 순전히 한송연 한 사람의 힘이었다.

만약 그녀의 과잉보호가 아니었다면 오늘날 기개세는 부친의 바람대로 번듯한 후계자가 됐을지도 모른다.

하지만 한송연은 아들이 사파의 절대자가 되는 것보다는 평범한 행복을 추구하는 한 사내가 되기를 원했다. 그래서 필사적으로 그를 보호했던 것이다.

기개세에게 절대적인 보호자가 모친이었다면, 한송연의 절대적인 보호자는 시아버지 기화종이었다.

그렇기 때문에 그녀가 기화종의 죽음을 가장 슬퍼하고 있는 것이다.

그것을 알고 있는 기무군은 지금 이 시점에서 한송연이 무언가 결정적인 역할을 해줄 것이라고 기대하고 있었다.

그때 한송연이 일어나 기개세의 뒤로 다가가면서 조용히 입을 열었다.

"세아."

"말해."

기개세는 관에 턱을 댄 채 눈물이 글썽해서 물끄러미 조부를 응시하며 건성으로 말했다.

그에게 있어서 모친은 세상에서 가장 만만한 사람이다. 자신에게 잘해주는 사람일수록 존중해야 한다는 사실을 모르고 있는 것이다.

"일어나서 어미를 보아라."

"에이……."

기개세는 얼굴을 찌푸리면서 꾸물거리며 일어나 한송연을 향해 돌아섰다. 십칠 세지만 체구가 장정 못지않은 그는 한송연보다 머리 하나가 더 컸다. 그의 얼굴에는 못마땅한 기색이 역력했다.

그러다가 문득 모친의 표정이 평소와는 달리 해쓱하면서도 깊이 가라앉아 있는 것을 발견했다.

그래서 뭔가 심상치 않다는 생각이 들었으나 곧 대수롭지 않게 생각했다.

모친에겐 변화란 없다. 있다면 아들을 향한 일편단심, 무한정의 지지와 신뢰뿐이다.

시아버지의 죽음으로 인해서 큰 충격을 받아 파리하게 질린 한송연의 입술이 열렸다.

"대정숙에 가거라."

모친의 입에서 그런 말이 나올 줄은 전혀 예상하지 못했던 기개세는 어이없는 표정으로 그녀를 바라보다가 미간을 좁히면서 투덜거렸다.

"엄마, 머리가 어떻게 된 거 아냐?"

"어미는 멀쩡하다. 대정숙에 가거라."

"미쳤어? 안 가."

순간 한송연의 손이 허공을 갈랐다.

철썩!

"왁!"

순간 기개세는 뺨에 불꽃이 번쩍이는 것과 동시에 얼굴이 부서지는 듯한 엄청난 충격이 가해지는 것을 느끼며 몸이 붕 허공으로 날아갔다.

기무군은 깜짝 놀라서 한송연과 기개세를 번갈아 쳐다보았다. 그녀가 이렇게까지 심하게 나올 줄은 전혀 예상하지 못했기에 자신이 어떻게 대처해야 할지 순간적으로 판단이 서지 않았다.

쿠당탕!

"흐윽!"

기개세는 관 뒤쪽 나무 벽에 거세게 부딪쳤다가 볼썽사납게 바닥에 나뒹굴었다.

벽을 짚고 일어서는 그의 얼굴은 경악으로 물들었다. 방금 그의 뺨을 때린 한송연의 손에는 적지 않은 내공이 실려 있었다.

기개세는 방금 전까지만 해도 모친이 무공을 전혀 모른다고만 생각하고 있었다.

그녀가 무공을 전개하는 것이나 연마하는 것, 심지어 운공조식을 하는 것조차도 본 적이 없었기에 그렇게 생각하는 것은 무리가 아니었다.

그러나 그보다 더 놀라운 것은, 얼굴 한 번 찌푸린 적이 없는 모친이 자신의 뺨을 갈겼다는 사실이다.

"어… 엄마가 나를 때린 거야?"

턱이 부서지는 듯이 아프고 입에서 피가 줄줄 흘렀으나 그보다는 엄마가 자신을 때렸다는 사실에 더 큰 충격을 받은 기개세다.

그런 아들을 바라보는 한송연의 눈빛이 순간적으로 거세게 흔들렸다.

목숨보다 더 사랑하는 아들을 때린 것이 심장을 도려내는 것보다 더 고통스러웠다. 그러나 그녀는 입술을 꼭 깨물었다. 아들의 방종을 더 이상 두고 볼 수가 없었다.

자신의 빗나간 사랑이 아들을 망치고 있다는 사실을 그녀는 방금 깨달았다.

한송연의 눈빛은 이내 차가워졌고 표정은 더 이상 냉정할 수 없을 정도다.

"너는 할아버님 살아생전에 한 번이라도 진심 어린 효도를 해드린 적이 있느냐?"

"나는……."

모친의 시퍼런 서슬에 놀라고 또 기가 꺾인 기개세는 자신이 조부에게 이따금 어린 기녀들을 데려다 준 것을 말하려다가 입을 다물었다.

모친은 '진심 어린 효도'라고 물었다. 그러나 기개세는 조부에게 기녀를 데려다 주고 거금을 받아서 챙겼으므로 '진심 어린 효도' 하고는 거리가 멀다.

기개세가 대답을 못하자 한송연의 냉랭한 말이 이어졌다.

"할아버님 살아생전에 하지 못한 효도를 지금이라도 해야
마땅하다."

"엄마……."

"이 어미에겐 죽을 때까지 효도하지 않아도 좋다. 그러나
할아버님께는 아니다."

"……."

"대정숙에 가거라."

가겠느냐는 물음이 아니다. '가라'는 명령이다.

한송연의 얼굴이 더 냉엄해졌다.

"만약 네가 대정숙에 가지 않는다면, 할아버님 곁에 누워
있는 어미의 시신을 보게 될 것이다."

"어… 엄마……."

크게 놀란 기개세는 말을 잇지 못했다. 그는 모친의 이처럼
강경하고도 싸늘한 모습을 지금껏 본 적이 없었고, 그리고 이
후로도 두 번 다시 보지 못했다.

놀란 사람은 기개세뿐만이 아니다. 모두들 크게 놀랐으나
그중에서도 가장 대경실색한 사람은 부친 기무군이다.

"여보……."

그러나 한송연은 획 찬바람이 일도록 몸을 돌려 치맛자락
을 끌면서 대전을 나가 버렸다.

커다란 충격을 받은 부자(父子)는 한송연이 대전을 나갈 때까지 숨도 제대로 쉬지 못했다.

충격으로 머리가 혼란한 기개세의 귀에 맹수가 으르렁거리는 듯한 부친의 목소리가 파고들었다.

"너 이 자식, 내 마누라에게 무슨 일이 생기면 네놈을 갈가리 찢어 죽일 것이다!"

기개세는 부친이 모친을 목숨보다 더 사랑한다는 사실을 잘 알고 있었다.

만약 모친에게 무슨 일이 생기면 부친은 기개세를 죽이고도 남을 것이다.

기개세는 뜬눈으로 밤을 하얗게 지새웠다. 그가 기억하는 한 이런 적은 한 번도 없었다.

심각하거나 진지한 성격이 아니기 때문에 깊은 고민이라는 것을 해본 적이 없으며 뒷머리를 베개에 대기만 하면 즉시 곯아떨어져 버린다.

십육 일 만에 집에 돌아오니까 할아버지가 죽어 있었다. 그리고 모친에게 뺨을 맞았으며, 그녀가 고수라는 사실을 처음 알게 되었고, 아들이 대정숙에 가지 않으면 죽겠다는 협박까지 받았다.

그것뿐이 아니라 구화산 천신동에서 있었던 신비한 일까지도 그의 머리를 가득 메우고 괴롭혔다.

밤새 머리가 터질 정도로 고민에 고민을 거듭했다. 평생 동안 할 고민을 그날 밤에 다 한 것 같았다.

그리하여 창밖으로 동이 부옇게 터올 무렵에야 그는 마침내 결정을 내렸다.

'까짓것, 대정숙이라는 곳에 가자.'

단 한 번도 꺾인 적 없는 고집이지만, 그것 때문에 모친을 죽게 할 수는 없는 일이다.

대정숙이 무얼 하는 곳인지는 자세히 모르겠지만, 거길 가는 것이 돌아가신 조부의 소원이며 모친을 살릴 수 있는 길이라면 못할 것도 없다는 생각이다.

대정숙이라는 낯선 곳에 대한 두려움은 없다. 그는 원래 두려움을 모른다.

더구나 구화산 단혼애에 떨어졌으며 천신동에서 죽을 뻔했던 경험들이 그를 조금 더 강하게 만들었고 생각하는 사람으로 변모시켰다.

그는 얼른 대정숙이라는 곳에 다녀온 이후에 하게 될 일들에 대해서 계획을 짜기 시작했다.

그는 한숨도 자지 못해서 발갛게 충혈된 눈과 푸석푸석한 얼굴로 이른 아침에 부친을 만나러 갔다.

第八章

무식한 아버지

“가겠어.”

눈알이 빨개진 기개세가 역시 토끼처럼 눈알이 빨간 부친 앞에 앉아서 착 가라앉은 표정과 말투로 내뱉었다.

빨간 눈과 부스스한 얼굴을 보면 부친도 잠을 못 잔 것이 분명했다.

하긴, 아내 한송연의 그런 모습을 보고도 잠을 제대로 잔다면 그게 짐승이지 어디 인간이겠는가.

“그래? 가겠느냐?”

부친의 얼굴에 반가움과 기쁨이 함께 떠올랐다.

그는 호방하고 용맹하며 난폭하고 무식한 사람이다. 사도백대고수 중에서 가장 고강한 열 명, 즉 사도십대고수(邪道十代高手) 중 서열 일위이기에 그의 그런 성격은 인정될 수 있는 것이다.

무식하면 용감하고, 용감하면 단순하다. 기무군이 바로 그런 사람이다.

아들이 대정숙에 가지 않으면 죽겠다는 한송연의 말에 그는 한숨도 자지 못하고 끙끙 앓았었다.

그가 알고 있는 기개세는 한 번 안 한다고 하면 죽어도 고집을 꺾지 않는 성격이다.

그래서 설사 모친이 죽겠다고 협박을 해도 끝까지 대정숙에 가지 않겠다고 버틸까 봐 무슨 좋은 방법이 없을까 고민하다가 밤을 하얗게 새운 것이다.

결국 그는 아들을 대정숙에 보내는 일을 철회할 수밖에 없다는 결정을 내렸었다.

아들을 번듯한 후계자로 만드는 것도 중요하지만 아내의 목숨이 더 소중하기 때문이다.

그런데 뜻밖에도 기개세가 대정숙에 가겠다고 말하자 기무군은 고민이 씻은 듯이 사라져 버리고 껄껄 웃었다.

"헛헛헛! 아무렴, 그래야지. 잘 생각했다!"

"한 가지 조건이 있어."

"뭐냐?"

그럴 줄 알았다는 듯 기무군은 턱을 치켜들었다.

"파혼해 줘."

기개세가 절대 물러서지 않겠다는 듯이 말하자 기무군의 송충이 같은 눈썹이 슬쩍 찌푸려졌다.

"그건 안 된다."

십오 년 전, 젊은 기무군은 아내 한송연과 두 살배기 어린 기개세를 데리고 여행을 하던 중에 갑자기 나타난 수십 명의 괴한들에게 둘러싸여 협공을 받아 죽을 위기에 처한 적이 있었다.

그때 홀연히 한 명의 백의인이 나타나서 '다수가 두 사람을 협공하다니, 파렴치한 놈들이로구나!' 라고 소리치며 놀라운 실력으로 기무군과 한송연을 도와 괴한들을 물리쳤다.

백의인은 부상을 입은 기무군과 한송연을 멀지 않은 곳에 있는 자신의 장원으로 데려가서 치료해 주었을 뿐만 아니라 다 나을 때까지 그곳에서 지내도록 했으며 성심성의껏 보살펴 주었다.

구명지은을 입은데다 신세까지 지게 된 기무군은 백의인이 크게 마음에 들어 결의형제를 맺자고 제의했다.

백의인은 흔쾌히 받아들여서 두 사람은 결의형제가 되었으며, 두 가족은 그곳에 머무는 한 달여 동안 친 혈육 이상으로 가까운 사이가 되었다.

그 당시에 백의인 부부에게는 기개세와 동갑인 딸이 하나 있었는데, 의기가 상통한 기무군 부부와 백의인 부부는 먼 훗날에 혼인시키자면서 자식들을 정혼시키기에 이르렀다.

이윽고 헤어질 때 두 부부는 앞으로 십육 년 후 아이들이 십팔 세가 되는 해 중추절에 정식으로 혼인을 시키자면서 약속 장소까지 정했다.

기무군은 기개세가 말귀를 알아듣기 시작할 때부터 귀가 닳도록 정혼에 대한 애기를 해주었다.

그러나 기개세는 철이 들면서 정혼이라는 것이 무엇인지 알게 되었고, 그때부터 틈만 나면 파혼을 해달라고 부친에게 졸라댔었다.

이유는 간단했다. 생면부지의 여자와 어떻게 혼인을 할 수 있겠느냐는 것이다. 자신의 혼인 상대는 스스로 결정하겠다는 것이 그의 생각이다.

"안 된다고?"

기개세가 발끈하는 표정으로 부친을 쏘아보았다.

"안 돼."

기무군은 엄하게 대답을 하면서도 속으로는 기개세가 이것을 꼬투리 잡고 대정숙에 가지 않겠다고 버티면 어떻게 하나 하고 고심을 했다.

그렇게 되면 다시 원점으로 돌아가는 것이다. 다른 문제면 몰라도 이것은 아내의 목숨이 걸려 있지 않은가.

게다가 온순하기만 한 아내가 한 번 화나면 기무군 자신조차도 감당하지 못한다는 사실을 과거 두 차례의 경험을 통해서 뼈저리게 알고 있다.

"정말 안 돼? 나 정말 정혼 같은 거 싫다고."

기개세가 조금 약세를 보이자 기무군은 내심 옳다구나 싶어 더욱 강하게 밀어붙였다.

"절대 안 된다."

"끙!"

신음을 토해낸 기개세가 고개를 숙이고 뭔가 골똘히 생각하는 모습을 보면서 기무군은 회심의 미소를 지었다.

"그런데 말이야."

잠시 생각하던 기개세가 고개를 들며 입을 열었다.

"집에서 무공 배우고 학문도 배우면 안 돼? 나 열심히 할 테니까 집에서 하게 해줘."

무창성에 있어야 하루하루가 재미있고 신나기 때문에 어떻게든 이곳에 남아 있고 싶었다.

"날 꼭 대정숙이라는 곳에 보내야만 할 이유가 없잖아? 집에 있게 해주면 말 잘 듣고 열심히 공부할게. 정말이야. 맹세하라면 할게."

기무군은 아들의 표정이 그 어느 때보다도 진지하다는 것을 알 수 있었다.

할 수만 있다면 기무군도 아들을 멀리 타지로 떠나보내고 싶지 않았다.

더구나 기개세는 사도지존(邪道至尊)의 아들이기 때문에 목숨을 노리는 자들이 도처에 깔려 있다.

이번에 기개세가 무려 십칠 일 동안 집에 돌아오지 않는 동안에도 혹시 암살을 당한 것은 아닌지 속이 새카맣게 타도록 걱정을 하다가 그가 무창성에 나타났다는 수하의 보고를 받고서야 가슴을 쓸어내렸었다.

“아버지가 가르치는 사도 최강 무공도 농땡이 부리지 않고 잘 배울 테니까 집에만 있게 해줘. 응?”

“안 된다.”

기개세의 간곡한 부탁을 부친은 일언지하에 거절했다.

“왜 안 된다는 거야? 도대체 날 대정숙이라는 곳에 보내려는 이유가 뭐야?”

“그것은……”

무식한 기무군은 말문이 막혔다. 이유는 알고 있는데 그것을 조리있게 설명할 재주가 없기 때문이다.

“공후(公厚), 들어오게.”

이런 일이 있을 줄 알고 아까부터 밖에 대기시켜 두었던 사람을 불러들였다.

곧 방문이 열리고 한 명의 중년인이 들어섰다.

“자네가 설명해 주게.”

사십대 후반의 나이에 청수한 서생 같은 풍모의 중년인은 천천히 걸어와서 기개세와 기무군이 앉아 있는 탁자 옆에 멈춰 섰다.

그의 이름은 공후, 별호는 탈명왕(奪命王). 사도구로의 한 명으로 총련주의 책사(策士)다.

사도구련은 천하 사파의 아홉 개 지파가 모여서 이루어졌다.

사십이 년 전에 기개세의 조부인 천사존 기화종이 천하 사파의 아홉 개 지파를 모두 굴복시켜 휘하에 두고 사도구련 총련을 세웠으며, 사패황 기무군은 부친의 뒤를 이어서 제이대 총련주가 됐다.

현재 총련 휘하의 아홉 개 지파는 천하의 아홉 개 지역에서 세력을 이루고 있으며 그들 구련(九聯)의 각 련주들이 사도구로인 것이다.

총련주 기무군은 구련주들이 배신할 것을 사전에 막기 위해서 그들을 총련에 거주하게 했으며, 천하 아홉 개 지파에는 제이인자들이 세력을 이끌고 있다.

공후는 미리 몇 번이나 연습했던 말을 나직한 어조로 꺼내 놓았다.

"천하 무림은 크게 정(正), 사(邪), 마(魔) 셋으로 나뉘어 있습니다. 그리고 현재 정파의 세력이 가장 크고 두 번째가 마도이며 사도가 제일 약세입니다."

잠을 못 잔 기개세는 늘어지게 하품을 하면서 지루해서 죽겠다는 몸짓을 노골적으로 보였다.

정, 사, 마 따위 얘기는 듣고 싶지도 않고, 누가 강하고 누가 약한지는 관심도 없다.

그러나 공후는 개의치 않고 설명을 계속했다.

"만약 지금 당장이라도 마도가 사도를 흡수하려고 공격을 가한다면 우린 지리멸렬, 고스란히 당할 수밖에 없습니다. 그리고 정파가 사도를 토벌하려고 해도 마찬가지 상황이 될 것입니다. 사도는 그 정도로 약합니다."

기개세는 조롱하듯이 이죽거렸다.

"아버지가 사도 무공이 무적이고 사도가 최강이라고 큰소리 뻥뻥 치더니 순 헛소리였군?"

"이놈의 자식이!"

기무군이 한 대 때리려는 듯 손을 번쩍 쳐들자 공후가 불쑥 말했다.

"총련주의 말씀은 사실입니다. 사도 무공은 무적이고 사도의 세력은 최강입니다."

기개세는 어이없다는 표정을 지었다.

"그런데 정파나 마도하고 싸우면 왜 진다는 거야?"

공후는 딱 잘라서 대답했다.

"무식하기 때문입니다."

기개세의 어이없는 표정이 더 짙어졌다.

"무식해? 누가? 사도가?"

"그렇습니다."

기개세는 냉소를 쳤다.

"흥! 사도 사람들이 잔머리 잘 굴리고 교활한 건 알아주잖아. 그걸로 부족하다는 것인가?"

"잔머리도 정통 병법 앞에서는 맥을 못 춥니다."

"병법이 무슨? 잔머리가 최고야."

"예전에는 총련주도 저도 그렇게 생각했습니다. 그러나 지금은 생각이 바뀌었습니다. 싸움은 실력과 머리 두 가지로 합니다."

기개세는 말도 안 된다는 얼굴로 공후와 부친을 번갈아 쳐다보았다.

공후는 굳은 표정이고 부친은 씁쓸한 얼굴이라서 기개세는 공후의 말이 농담이 아니라는 것을 깨달았다.

"한 가지 예를 들겠습니다. 중원의 동서남북에는 호시탐탐 중원을 침략하려는 이만융적(夷蠻戎狄)이 있습니다. 그들의 군대를 다 합치면 족히 수백만입니다. 그런데 우리 명나라 군대는 불과 백만입니다. 그런데도 명나라는 이만융적을 속국(屬國)으로 삼아 노예 부리듯이 하고 있습니다. 대공자께선 어째서 그럴 수 있다고 생각하십니까?"

무식한 기개세는 고개를 갸웃거렸다.

"이만융적이 뭐지?"

"중원 동서남북의 오랑캐를 뜻합니다."

"음, 그렇다면 명나라는 똑똑하고 이만융적 오랑캐들은 무식하기 때문이겠지."

기무군과 공후는 똑같이 놀라는 표정을 지으며 기개세를
쳐다보았다.

두 사람은 그 사실을 깨닫기까지 무척 오래 걸렸었다. 그래
서 기개세가 이토록 명확하게 대답을 할 것이라고는 기대하
지 않았었다.

기개세는 두 사람이 알고 있는 것보다 훨씬 더 총명한 것이
분명했다.

기개세는 얼굴을 찌푸렸다.

"도대체 우리 사도가 얼마나 무식하다는 거야?"

기무군과 공후는 서로의 얼굴을 마주 쳐다보았다.

기무군이 가볍게 고개를 끄덕이자 공후는 차마 말하기 어
렵다는 표정을 지으며 입을 열었다.

"사도에서 가장 머리가 좋은 사람이 누군지 아십니까?"

"누군데?"

"접니다."

"그래?"

기개세는 별로 놀라지 않았다. 그가 아는 한 공후의 학식은
매우 높고 모르는 것이 없다.

기개세가 궁금한 것이 있어서 물으면 그는 한 번도 대답을
하지 못한 적이 없었다.

그러므로 사도에서 그의 학식이 가장 높다고 하는 말은 틀

리지 않았다.

공후는 착잡한 표정으로 말을 이었다.

"그렇지만 저는 정식으로 학문을 배운 적이 없으며, 평생 여씨춘추(呂氏春秋)를 읽은 것이 전부입니다."

"여씨춘추가 뭐지?"

천자문과 소학까지만 뗀 기개세가 궁금한 듯 물었다.

"원래 정식으로는 기초적인 학문을 뗀 이후에 공자(孔子), 노자(老子), 관자(管子), 맹자(孟子), 장자(長子), 한비자(韓非子), 묵자(墨子), 열자(列子), 손자(孫子) 등이 총망라된 제자백가(諸子百家)를 평생 동안 공부해야 하는데, 저는 잡학(雜學)으로 분류되는 여씨춘추를 배웠습니다."

"왜 그랬어?"

"여씨춘추는 천문(天文), 역법(曆法), 길흉(吉凶), 화복(禍福) 등에 관한 학문으로 실전에서 필요한 것들이기 때문입니다."

"제자백가와 여씨춘추가 뭐가 다른데?"

"제자백가가 바다라면, 여씨춘추는 강이라고 보시면 됩니다."

"바다와 강이라……..

공후는 단호한 어조로 말했다.

"대정숙은 중원 최고의 교육기관입니다. 최고의 무공과 최고의 학문을 가르치기 때문입니다. 대공자께서 대정숙을 무

사히 수료하고 돌아오신다면 우리 사도는 새로운 전기를 맞
이하게 될 것입니다."

"새로운… 전기가 뭐야?"

"쉬운 말로 해라, 공후."

기개세와 기무군이 동시에 말했다.

"대공자께서 무식한 사도의 형제들을 이끌면 결코 정파나
마도에게 꿀리지 않을 것이라는 뜻입니다."

"나는 그런 데 관심없어."

기개세는 딱 잘라서 말했다. 평소에 총련주의 후계자 따위
는 하지 않겠다고 노래를 부르고 다니는 기개세가 공후의 몇
마디 말에 마음을 돌릴 리가 없다.

그러나 기무군과 공후는 어떻게 하든 기개세를 대정숙으
로 보내기만 하면 일단 성공이라고 생각했다.

"약속하마."

기무군은 엄숙한 표정을 지었다.

"대정숙을 무사히 수료하고 돌아오면, 네가 무슨 일을 하
든 일절 간섭하지 않으마."

그 말에 기개세의 눈이 번쩍 뜨였다.

"정말이지?"

"남아일언중천금이다."

"좋아."

기개세는 갑자기 힘이 펄펄 나는 듯했다.

“공후, 어떻게 하면 대정숙을 수료할 수 있지?”

“대정숙에서는 매월 한 차례씩 종합시험을 치릅니다. 거기에서 합격하면 수료하는 것입니다.”

기개세의 입이 찢어져서 귀에 걸렸다.

“매… 매월이라고?”

“그렇습니다.”

그는 마음이 급했다.

“그런데 대정숙은 어디에 있지?”

“하남성 낙양성에 있습니다.”

기개세는 얼굴을 찌푸렸다.

“우라질! 더럽게 먼 곳에 있군. 어쨌든 좋아. 낙양성까지 가는 데 한 달, 수료하는 데 한 달, 오는 데 한 달, 합쳐서 석 달이면 끝이로군.”

그는 곧 희희낙락하며 부친에게 재차 확인을 했다.

“대정숙에 갔다가 오기만 하면 무엇이든 내 맘대로 해도 된다고 했지?”

기무군은 고개를 가로저었다.

“아니다.”

기개세는 발끈했다.

“뭐야? 금세 딴 말 하는 거야?”

“그냥 갔다가만 오면 안 된다. 수료를 하고 와야 한다.”

“아, 글쎄 내가 가면 수료는 따놓은 당상이라니까. 그렇게 알고 기다려."

기개세는 어깨를 흔들면서 거드름까지 피웠다.

기무군은 엄숙한 얼굴로 손가락 하나를 세워 보였다.

"너도 약속해라."

"뭘?"

"대정숙에 갈 것이며, 수료하기 전에는 절대로 돌아오지 않겠다고 말이다."

기개세는 희색만면하여 주먹으로 제 가슴을 쿵쿵 두드렸다.

"남아일언중천금이야."

"만약 약속을 어기면?"

기개세는 거침없이 내뱉었다.

"두 쪽을 떼겠어."

기무군은 미간을 좁혔다.

"두… 쪽이 뭐냐?"

"불알."

"불알을…… 알았다. 약속을 어기면 반드시 두 쪽을 떼겠다."

친구들과 쌍봉루의 가란, 설화쌍봉에게 이 소식을 알려줘야겠다는 생각에 조바심이 난 기개세가 물었다.

"그런데 나 언제 가지?"

"지금."

"지금? 지금은 안 돼!"

기개세가 벌떡 일어나며 외치자 기무군은 손가락 가위를 만들어 무언가 자르는 시늉을 해 보였다.

"불알 자른다."

"끄응."

조부의 장례식에 대해서는 언급노 하지 않는 불효막심한 기개세다.

서둘러서 짐을 꾸린 기개세는 관에 누워 있는 조부에게 절을 하는 둥 마는 둥 하고 나서 모친의 거처로 향했다.

"만나지 않겠다고 하십니다."

"엄마가 나를 만나지 않겠다고 했다는 거냐?"

"그렇습니다."

모친 처소의 하녀장은 공손히 허리를 굽히고 나서 횅하니 전각으로 들어가 버렸다.

"만약 네가 대정숙에 가지 않는다면, 할아버님 곁에 누워 있는 어미의 시신을 보게 될 것이다."

모친이 계신 대전 입구 안쪽을 망연하게 바라보고 있는 기개세의 귓가에 어제 그녀가 했던 싸늘한 그 말이 생생하게 맴돌았다.

먼 길을 떠나기 전에 모친의 마음이라도 풀어주려고 했는데 그조차 여의치 않자 마음이 착잡해졌다.

그냥 밀고 들어간다면 대전 입구 양쪽에 우뚝 서서 지키고 있는 두 명의 호위무사가 가만히 있을 것 같지 않았다.

어쩔 수 없이 기개세는 몸을 돌려 그 자리를 떠났다. 하지만 이대로 갈 수가 없어서 모친의 방이 있는 곳을 향해 전각 모퉁이를 돌아갔다.

모친의 방은 이층인데 창이 굳게 닫혀 있었다.

그녀가 언제나 이른 아침에 일어나서 창을 활짝 열어 환기를 시키는 습관이 있다는 사실을 잘 알고 있는 기개세는 마음이 답답해졌다. 모친의 마음이 아직도 굳게 닫혀 있음을 확인했기 때문이다.

그는 창을 잠시 바라보다가 큰절을 올렸다. 왜 갑자기 절을 할 생각을 했는지 모른다. 부모의 생신이나 새해 외에는 모친에게 절을 한 적이 없었다.

어쩌면 천신동을 떠나기 전에 사부 독고성에게 절을 했던 것처럼 모친에게도 떠나기 전에는 그렇게 해야 한다고 생각한 듯했다.

절을 마친 기개세는 모친의 창에 일별을 던진 후 몸을 돌려 걸음을 옮겼다.

창이 한 뼘 정도 살짝 열리고 그 사이로 창백한 한송연의 얼굴이 나타났다.

그녀는 정원을 가로질러 걸어가고 있는 아들의 뒷모습을 눈물을 흘리며 바라보았다.

아들을 자신의 생명보다 더 사랑하고 아끼는 그녀는 이제 오랫동안 아들을 볼 수 없다는 생각에 가슴이 저미는 슬픔을 혼자서 감내할 수밖에 없었다.

떠나가는 아들에게 어미가 얼마나 너를 사랑하는지도 알려주고, 먼 타지에 가서 어떻게 처신을 해야 하는지 등등 일러줄 말이 너무도 많았다.

아니, 아무런 말을 하지 못해도 괜찮다. 그저 아들을 한 번만이라도 품에 꼭 안을 수만 있다면, 그것으로나마 오랜 이별의 위안을 삼을 수 있을 것이다.

그러나 그녀는 아들에게 아무것도 하지 못했다. 혹여 자신의 그런 행동 때문에 아들의 결심이 흔들리지 않을까 우려해서였다.

아들을 대정숙으로 보내는 것이 시아버지의 유언이었다면서 남편 기무군이 도움을 청했을 때 그녀는 많이 고심하다가 협조하기로 결정을 내렸었다.

아들을 사랑하기에 자신의 곁에서 떼어놓고 싶지 않지만, 그녀도 귀가 있기에 아들이 무창성에서 어떤 짓을 하고 어떤 무리와 어울려서 몰려다닌다는 것을 잘 알고 있었다.

그대로 내버려 둔다면 아들의 장래가 어떻게 될 것인지 염려스러웠다.

아들이 사파지존의 자리에 오르는 것을 원하지는 않지만, 이러다가 시정잡배가 되는 것은 시간문제일 것 같았다. 그것은 사파지존이 되는 것보다 더 견딜 수 없는 일이다.

그래서 아들에게 한 남자로서 누릴 수 있는 평범한 삶과 행복을 갖게 하려면 대정숙에 보내는 방법이 최선이라고 판단한 것이다.

한송연은 대정숙이 어떤 곳인지 잘 알고 있다. 그러므로 아들이 대정숙을 무사히 수료할 것이라고는 일 할도 기대하지 않는다.

하지만 옛말에 각곡유목(刻鵠類鶩)이라고 했다. 백조를 그리려다가 실패해도 집오리는 그릴 수 있다는 뜻이다.

즉, 대정숙을 제대로 수료하여 완벽한 대장부가 되지는 못하더라도, 최소한 소인배가 되지는 않을 것이라는 간절한 바람을 품고 있는 것이다.

그러나 철부지 같은, 그리고 금쪽같은 아들을 만리타향으로 보내야 하는 어미의 가슴은 갈가리 찢어지고 있었다.

"으흐흑."

참고 참았던 오열이 터져 나오자 한송연은 급히 손으로 입을 가리며 창을 닫았다.

무슨 소리를 들은 것 같아서 우뚝 걸음을 멈추고 기개세는 모친의 방을 돌아보았다가 곧 쓸쓸한 표정을 지었다. 창은 여전히 굳게 닫혀 있었다.

그는 두 손을 입에 모으고 외쳤다.

"엄마, 금방 돌아올 테니까 건강해야 돼!"

여전히 창은 닫혀 있고 모친의 반응은 없다.

기개세는 다시 걸음을 옮겼다.

한송연은 창 앞에 주저앉아 두 손으로 입을 틀어막은 채 온 몸을 떨면서 오열했다.

'오냐. 너도 어디서든 건강해야 한다.'

第九章

둘 다 틀렸어. 이건 구렁이야

"세아는 갔나?"

"방금 전에 련을 나가시는 것을 확인했습니다."

사도구련 총련 한복판에 위치한 가장 규모가 큰 전각인 천사각(天邪閣) 오층 창문 앞에 뒷짐을 지고 우뚝 선 기무군이 묻자 뒤에 서 있는 공후가 공손히 대답했다.

"준비는 완벽하겠지?"

"이 년 전부터 치밀하게 준비했던 것이라서 빈틈이 있을 리가 없습니다."

사실 기무군이 아들을 대정숙으로 보내려고 한 것은 즉흥적인 생각이 아니라 이 년 전부터 계획한 일이었다.

어떻게 하면 아들을 대정숙에 보낼 수 있을까 궁리를 하다가 조부의 죽음을 이용하게 된 것이다.

침묵이 흘렀다. 기무군은 창밖을 응시하며 한동안 꼼짝도 하지 않았다.

그러나 그가 지금 무슨 생각을 하고 있는지 공후는 짐작할 수가 있었다.

아마도 이 우직한 사내는 침묵 속에서 아들과의 이별을 아쉬워하고 있으리라.

기무군은 뜨거운 사람이다. 단지 자신의 뜨거움을 표현하지 않을 뿐이다.

문득 공후는 조심스럽게 입을 열었다.

"총련주, 대공자를 정말 혼자 보내실 생각이십니까?"

기무군은 대답하지 않는다. 그의 침묵이 '그 얘기는 다시 꺼내지 마라' 라는 것을 잘 알고 있는 공후지만 가만히 있을 수가 없다.

"만약 대공자께 무슨 일이 생긴다면……."

"위험을 극복하는 것도 공부다."

기무군이 툭 말을 자른다.

"하지만 잘못되기라도 하면 끝장입니다. 그리되면 사도구련의 권좌는 다른 자에게 넘어가고 맙니다."

후계자 자리는 총련주의 아들에게 우선권이 있으나 아들이 죽으면 사도구로의 다른 아들들에게 기회가 주어진다.

“세아는 죽지 않을 것이다.”

“그렇게 장담하시는 이유가 있습니까?”

기무군은 고개를 들어 파란 하늘을 바라보았다.

“세아가 가는 곳은 대정숙이다. 그곳에서 세아가 죽음을 당할 것이라고는 생각하지 않는다.”

공후는 간과하고 있었던 것을 깨달은 듯 ‘아!’ 하는 표정을 짓더니 고개를 끄덕였다.

“그렇군요. 대정숙에서 사고를 당할 리가 없겠지요.”

지금껏 대정숙에서 사고가 났다는 소문은 없었다. 그만큼 완벽한 곳이다.

그때 방문이 열리는 소리에 기무군과 공후는 돌아보다가 깜짝 놀라는 표정을 지었다.

방문을 열고 들어온 사람은 관에 누워 있어야 할 기화종이 아닌가.

“세아는 갔느냐?”

“네, 아버님.”

아직도 수의를 입고 있는 기화종이 다가오면서 묻자 기무군이 공손히 대답했다.

기화종은 발끈 화를 냈다.

“그럼 즉시 내게 알려야지 언제까지 관 속에 누워 있게 만들 생각이었느냐?”

“죄송합니다, 아버님. 그런데 이곳까지 오시는 동안 연 매에겐 들키지 않았겠지요?"

"안 들켰다. 그런데 언제까지 며늘아기에게 숨기고 있어야 하느냐?"

"세아가 대정숙에 도착할 때까지입니다. 그리되면 연 매도 어쩌지 못하겠지요."

음흉한 두 사람은 기개세를 대정숙에 보내기 위해서는 한송연의 도움이 절대적이라고 판단하여 기화종을 죽은 것으로 만들었던 것이다.

기화종은 창밖을 보면서 물었다.

"세아가 대정숙을 수료하려면 얼마나 걸릴 것 같으냐?"

"글쎄요……."

기무군이 대답을 못하자 공후가 공손히 아뢰었다.

"속하의 소견으로는 최소한 오 년은 걸리지 않을까 합니다."

기화종의 얼굴이 어두워졌다.

"오 년이라……. 내 나이 팔십인데 그때까지 살아 있을지 모르겠군."

기무군의 표정도 똑같이 어두워졌다. 말썽을 부리고 아비에게 울골질을 해대는 아들이지만, 그래도 곁에 있는 것이 훨씬 더 좋기 때문이다.

사도구련 총련은 한복판의 천사각을 중심으로 아홉 채의

거대한 전각이 꽃잎 모양으로 둥글게 배치되어 있다. 그곳들은 사도구로 장로들의 거처다.

그중 동남쪽에 있는 오색의 삼층 전각으로 한송연이 빠른 걸음으로 들어가고 있다.

그녀는 삼층에 있는 어느 방으로 곧장 올라갔다.

"어서 오세요, 대부인."

실내에 있던 삼십대 후반의 녹의부인이 공손히 한송연을 맞이했다.

한송연은 그녀가 권하는 의자에 앉으면서 손을 저었다.

"오늘은 동생으로서 찾아온 것이니까 예를 거두세요, 향(香) 언니."

사도구로의 유일한 홍일점인 요계(妖界)의 련주 요미선(妖美仙) 암향(暗香)이 바로 그녀다. 겉보기에는 삼십대 후반인 듯하지만 실제 나이는 오십 세다.

한송연은 사도구련 총련 내에서 거주하고 있는 칠천여 명 중에서 오직 요미선 암향하고만 친분이 있다.

"향 언니에게 한 가지 부탁이 있어서 찾아왔어요."

암향은 한송연의 안색이 해쓱하고 또 눈이 부은 것을 보고 무슨 일인지 즉시 간파했다.

암향은 맞은편에 앉아 손수 한송연에게 차를 따라주며 화사한 미소를 지었다.

"말해봐. 내가 도울 수 있는 일이라면 뭐든 해줄게."

한송연은 암향에게 부탁을 하기 위해서 여기까지 오고서도 아직 갈등을 끝내지 못했다.

실로 천향국색의 미모를 지녔으며 선녀처럼 우아하고 고고한 기품의 암향은 언제나 한송연의 말을 들어주는 편이었지만 지금만큼은 그녀의 갈등을 덜어주는 의미에서 먼저 말을 꺼냈다.

"대공자 때문이야?"

한송연은 암향을 바라보다가 쓸쓸한 미소를 지으며 고개를 끄덕였다.

"네."

"내가 어떻게 도우면 되지?"

암향은 한송연이 망설이는 듯하자 재촉하지 않고 차를 마시면서 잠자코 기다렸다.

총련주 기무군은 기개세가 대정숙에 가게 될 경우 집을 나서는 순간부터 아무도 돕지 말라는 엄명을 내렸었다.

물론 기개세가 대정숙에 가는 것은 기무군과 한송연, 그리고 사도구로, 흑살대주 중건 외에는 아무도 모르고 있다. 그 정도로 극비에 부쳐진 일이다.

지금 한송연이 암향에게 부탁하려는 일은 남편의 엄명을 정면으로 거스르는 짓이다. 그래서 갈등하고 있는 것이다.

암향은 천하에서 가장 총명한 여인 중의 한 명이라고 할 수 있었다. 그것을 다른 측면, 즉 적들의 입장에서는 교활하다고 한다.

그러나 그녀는 한송연과 우정을 맺은 이후 항상 진심을 다해서 대해왔다.

그런 암향이기에 한송연이 무엇 때문에 갈등하고 있는 것인지 모를 리가 없다.

하지만 암향은 먼저 말을 꺼낼 수가 없다. 한송연이 먼저 말을 하면 그녀의 부탁이 되지만, 암향이 하면 그녀가 제의하는 것이 돼버리기 때문이다.

그리되면 나중에 일이 잘못됐을 경우에 총련주의 부인은 용서받을 수 있겠지만 수하인 암향은 중벌을 면하지 못할 것이다.

너무 각박하게 따지는 것 같지만 그렇게 분명히 해두는 것이 암향이 지금의 위치에 오르고 또 유지하고 있는 비결이라면 비결이다.

"향 언니."

이윽고 한송연이 한참 만에 어렵사리 입을 열었다.

"세아가 걱정이 돼요. 아무것도 모르는 철부지라서……."

그녀의 말끝에 울음이 배어 있다.

기개세가 집을 떠난 지 반 시진밖에 되지 않았는데 몇 년이나 흐른 것 같았다.

밥상머리에 붙어 앉아서 이것저것 좋아하는 반찬을 입에 넣어줘야 좋아하고, 밤에는 품에 안고 다독이며 자장가를 불러줘야 잠이 드는 아직도 품 안의 자식이다.

　계속 울고만 있어서는 안 된다고 생각한 한송연은 흐르는 눈물을 내버려 둔 채 입술을 꼭 깨물었다.

　"향 언니 휘하의 믿을 만한 고수 한 명을 은밀하게 세아에게 붙여줄 수 있겠어요?"

　이미 짐작하고 있던 암향은 전혀 놀라지 않았다. 한송연이 먼저 부탁을 했으니 나중에 발각이 되더라도 빠져나갈 구멍이 생겼다.

　교활하다면 교활할 수 있으나, 그것이 암향의 처세술이다. 또한 한송연을 속이는 것이 아니므로 나쁠 것은 없다.

　"소랑(小狼)이면 되겠어?"

　한송연은 금세 환한 표정을 지었다.

　"랑이가 세아를 호위한다면 지옥에 간다고 해도 안심할 수 있을 거예요."

　그녀는 두 손을 저으며 서둘렀다.

　"어서 랑이를 보내세요. 세아는 벌써 멀리 갔을 거예요."

　암향은 빙그레 미소를 지었다.

　"랑이는 벌써 갔어."

　"네?"

　"지금껏 우리 대화를 듣고 있었거든."

　"아……."

　소랑은 암향의 세 제자 중 막내다. 여자이면서도 '작은 늑

대' 라는 뜻의 '소랑' 이라는 이름을 얻었다고 한다면 어떤 사람일지 짐작할 수 있을 것이다.

*　　　*　　　*

사도구련 총련에서 배를 타면 낙양으로 곧장 갈 수 있지만 부친은 배는커녕 말 한 필도 내주지 않았다.

오히려 그것이 기개세에게는 다행한 일이었다. 본격적으로 낙양으로 출발하기 전에 무창성에 잠깐 들를 수 있다는 생각에서다.

낙양으로 가려면 어차피 무창성으로 가서 배를 타는 것이 가장 빠르고 또 편한 길이다.

사도구련 총련은 워낙 거대해서 총련을 출발한 지 반 시진이나 지났는데도 뒤를 돌아보면 여전히 시야에 웅장하게 가득 들어왔다.

그는 거의 달리다시피 부리나케 걸었다. 조금만 더 가면 관도가 좌측으로 크게 굽어서 그곳만 돌아서면 총련이 보이지 않는다.

그곳 숲 속에는 염마당 삼야차의 첫째인 형곤의 수하가 상시 대기하고 있었다.

말하자면 사도구련 총련에서 살고 있는 기개세의 급족(急足:심부름꾼)이다.

급족에게 말을 전하고 나서 무창성에 들어가면 삼야차가 모두 쌍봉루에 모여서 기개세를 기다리고 있을 것이다.

석 달 동안 무창성을 비워야 하기 때문에 우두머리로서 말없이 사라질 수가 없다.

최소한 친구들과 가란, 설화쌍봉에게 작별의 인사라도 하고 떠나야 마음이 편할 터이다.

모퉁이를 돌자마자 그는 냅다 달리기 시작하더니 왼쪽의 숲을 두리번거렸다.

숲 가까운 안쪽에 큰 바위 세 개가 서로 기대어 있는데 바위 안쪽의 아담한 공간에 움막을 쳐놓고 급족이 머물고 있기 때문이다.

바위를 발견한 기개세는 지체없이 숲으로 향했다.

스스스.

순간 그가 달려가는 앞쪽 일 장 거리에 시커먼 그림자가 어른거리는 것 같더니 곧 한 사람이 모습을 드러냈다.

"대공자, 가시던 길을 계속 가십시오."

그 사람은 흑살대주인 중건이었다. 그는 철탑처럼 우뚝 서서 정중히 말했다. 총련에서부터 줄곧 기개세를 따라온 것이 분명했다.

"비켜."

기개세는 물러서지 않고 명령조로 윽박질렀다.

"알겠습니다."

중건은 옆으로 비켜서더니 총련 쪽으로 걸음을 옮겼다.

"속하는 지금 총련으로 가서 총련주께 대공자께서 약속을 어겼다고 보고하겠습니다."

"그만둬! 가면 될 것 아냐!"

기개세는 버럭 외치고는 몸을 돌려 다시 관도로 걸어가며 못마땅한 듯 투덜거렸다.

"염병할! 낙양까지 갔다가 오려면 석 달이나 걸릴 텐데 친구들한테 작별 인사쯤은 해도 되지 않겠어?"

그리고는 숲 속에 있는 급족이 들으라는 듯 일부러 더 큰 소리로 떠들어댔다.

"아버지가 나더러 대정숙에서 공부를 하고 오라고 했지 친구들을 만나지 말라는 말은 하지 않았잖아! 빌어먹을!"

중건은 이미 사라지고 보이지 않았으며 기개세는 혼자 떠들고 있었다.

하지만 중건이 모습만 보이지 않을 뿐이지 근처에 있다는 사실을 잘 알고 있다.

이쯤 떠들었으면 급족이 알아서 형곤에게 전할 것이라고 생각한 기개세는 다시 걸음을 재촉했다.

포구는 무창성 서쪽 평호문(平湖門) 밖 장강 가에 있다.

무창성 포구에서 배를 타게 되면 천하 어디든 가지 못하는 곳이 없다.

북쪽으로는 한수가, 동서로는 장강이, 그리고 수많은 운하
가 남북으로 뻗어 있기 때문이다.

기개세는 사시(巳時:오전 10시)에 포구에 도착하여 벌써 한
시진 가까이 어슬렁거리면서 배회하고 있는 중이다.

삼야차를 만나기 위해서다. 그런데 어찌 된 일인지 한 시진
이 다 되도록 삼야차는 코빼기도 보이지 않는다.

급족이 제대로 알렸으면 기개세보다 먼저 포구에 와서 기
다리고 있어야 하는데 이상한 일이다.

기개세로서는 더 이상 지체할 수가 없다. 한수를 거슬러 오
르는 마지막 정오 배를 놓치면 내일까지 기다려야 하기 때문
이다.

삼야차가 오지 않을 리가 없다. 그렇다면 무슨 일이 생긴
게 틀림없다.

그렇게 생각하자 기개세는 조바심이 났다. 다른 하오문 놈
들이 형곤의 신월방을 공격한 것인가? 아니면 기개세가 당주
로 있는 염마당에 당했던 놈들이 보복을 가한 것인가? 별별
생각이 다 들었다.

그렇다고 삼야차에게 달려가 볼 수도 없는 노릇이다. 그랬
다가는 어디선가 보고 있을 흑살대주 중건이 그 사실을 총련
주에게 보고할 테고, 그러면 기개세는 불알을 떼어내야만 할
것이다.

힐끗 쳐다보니 정오에 출발하는 배의 선원이 출발이 임박

했음을 큰 소리로 외치고 있었다.

　결국 기개세는 걱정스러운 마음을 안고 배에 오를 수밖에
없었다.

　[대공자, 잘 들으십시오.]

　기개세가 뱃전에 서서 멀어지고 있는 포구를 바라보고 있
을 때 흑살대주 중건의 전음이 들려왔다.

　[광화현(光化縣)에서 내리셔서 낙성검가(落星劍家)를 찾아
가십시오.]

　기개세는 눈살을 찌푸리며 중얼거렸다.

　"거긴 뭐 하는 곳인데? 왜 가?"

　그는 전음입밀을 못하기 때문에 중얼거릴 수밖에 없다.

　[그곳에 가면 자연히 아시게 될 것입니다.]

　"노친네가 그러라고 했어?"

　[그렇습니다.]

　옆을 지나가던 웬 남녀가 기개세가 혼잣말로 중얼거리는
것을 보고 이상한 눈으로 힐끗거렸다.

　"낙성검가인가 뭔가 하는 그곳에 오래 있어야 돼?"

　[저는 그만 총련으로 돌아가겠습니다.]

　중건은 대답은 하지 않고 딴소리만 했다.

　"이봐, 중건."

　기개세가 몸을 돌려 허공에 대고 급히 불렀으나 돌아온 것

둘 다 틀렸어. 이건 구렁이야 245

은 뱃전을 때리는 파도 소리뿐이다.

기개세는 미간을 좁히고 뭔가 골똘히 생각하다가 이윽고 와락 인상을 썼다.

"이 노친네가 무슨 수작을 부리는 게 틀림없어."

그러나 무엇 때문에 광화현의 낙성검가에 가라고 하는지는 짐작조차 할 수가 없다.

흑살대주 중건은 기개세가 배에 타는 것을 지켜보고 있다가 배가 출발하자 전음을 보낸 것이 틀림없다.

또한 기개세가 배에서 강물로 뛰어들지는 않을 것이라고 판단했을 것이다.

중건의 판단은 옳다. 기개세가 삼야차를 염려하고는 있지만 강물에 뛰어들 정도는 아니었다.

또한 그는 한시라도 빨리 대정숙에 다녀와야 하기 때문에 잠시라도 지체하고 싶은 생각이 없다.

쏴아아!

기개세를 태운 배는 어느새 장강에서 벗어나 한수로 접어들고 있었다.

이윽고 날이 저물기 전 신시(辛時:저녁 7시) 무렵에 배는 무창성에서 칠십여 리 떨어진 한천현(漢川縣)에 당도했다.

장거리를 운행하는 배들은 낮에만 움직이고 밤에는 포구에 정박해 있다가 다시 아침이 되면 운행한다. 캄캄한 밤에 강물 위를 돌아다니는 것은 자살 행위이기 때문이다.

배에서 내린 기개세는 포구에 죽 늘어선 주루와 객잔 쪽으로 무리를 지어 향하고 있는 다른 승객들을 뒤따라서 어슬렁거리며 걸어갔다.

승객들은 대부분 삼삼오오 짝을 이루고 있는데 기개세만 혼자였다. 그는 대충 저녁을 때우고 일찍 잠자리에 들어야겠다고 생각했다.

밤이 길면 꿈이 많은 법. 쓸데없는 공상을 하지 않으려면 일찍 자는 것이 좋다.

그가 어느 주루에서 식사를 하고 있을 때 한 무리가 주루 입구로 몰려들어 왔다.

하지만 그는 음식 그릇에 코를 박은 듯한 자세로 깊은 생각에 잠겨 있었기 때문에 누가 들어왔는지 알지 못했다.

지금 그가 생각하고 있는 것은 구화산 천신동에서 만났던 사부 독고성이다.

사실 그는 구화산을 떠난 이후 독고성에 대한 생각이 한시도 머리에서 떠나지 않았다.

그가 누군가를 이토록 오랫동안 그리고 깊이 생각하는 것은 처음 있는 일이다.

그만큼 독고성과의 만남은, 그리고 그의 존재는 기개세에게 특별한 것이었다.

'천검신문이라……'

사부 독고성에 의해서 기개세는 천검신문의 제구대문주로 임명되었다.

하지만 그는 독고성이나 천검신문에 대해서 아는 것이 아무것도 없었다.

일파지존인 문주의 신분이면서도 자파에 대해서 아는 것이 없다는 것은 정말이지 개가 웃을 일이다.

그때 기개세의 깊은 상념을 깨는, 은방울처럼 짤랑짤랑한 목소리가 바로 앞에서 들려왔다.

"기 대가."

무슨 맛인지도 모른 채 묵묵히 음식을 입에 집어넣고 있던 그의 동작이 뚝 멈추더니 다음 순간 얼굴에 반가운 기색이 떠올랐다.

방금 그 목소리가 누구의 것인지 잘 알기 때문이다.

고개를 들자 과연 그의 앞에 아리따운 한 여인이 서 있었다.

그녀는 쌍봉루주 가란이었다.

쌍봉루에서 보던 화려한 비단 나삼 차림이 아니라 간편한 외출복을 입은 모습이다.

"네가 여기 웬일이냐?"

기개세 얼굴에 떠올라 있던 반가움은 곧 의아함으로 바뀌었다. 무창성 쌍봉루에 있어야 할 그녀가 칠십여 리나 떨어진 이곳에 불쑥 나타났기 때문이다.

쌍봉루가 아닌 바깥에서 보니까 가란의 자태는 마치 한 송이 모란처럼 매혹적이었다.

더구나 발갛게 상기된 얼굴에 반가움이 가득한 표정을 짓고 있어서 더욱 사랑스러웠다.

"기 대가 눈에는 란 언니만 보이나요?"

그때 가란 뒤에서 꾀꼬리가 지저귀는 듯한 종알거리는 말소리가 들리더니 한 여자가 가란을 약간 밀치면서 모습을 나타냈다.

"너희까지 웬일이냐?"

가란을 밀치고 나타난 여자는 화봉이다. 그런데 그녀 뒤에 설봉의 모습도 보였다. 쌍봉루의 주축인 가란과 설화쌍봉이 모두 온 것이다.

애교 많고 잘 울고 웃으며 붙임성 많은 화봉과는 달리 설봉은 말없이 서서 두 눈에 은은하게 반가운 기색만 떠올리고 있을 뿐이다.

그런데 세 여자뿐 아니라 그녀들 뒤에 형곤과 철웅의 모습까지 보였다. 두 사람은 기개세를 향해 고개를 숙여 보이며 인사를 대신했다.

혼자서 쓸쓸하게 식사를 하던 기개세는 친구들의 출현에 금세 기분이 풀어졌다.

혼자였던 탁자 둘레에 여섯 명이 빙 둘러앉아서 요리와 술을 더 주문하고 왁자한 분위기가 됐다.

"고태는 객잔에 방을 구하러 갔습니다."

기개세가 보이지 않는 고태를 궁금하게 여길 것이라고 생각한 형곤이 설명을 했다.

"서둘러서 온다고 왔는데 좀 늦었습니다."

형곤이 사과하자 기개세는 언제나 그렇듯이 웃으면서 손을 저었다.

"괜찮다. 왔으면 그것으로 됐다."

기개세의 좌우에 가란과 화봉이, 그리고 설봉은 화봉 옆에, 맞은편에 형곤과 철웅이 앉았다.

설봉은 앞으로 나서는 일이 없다. 늘 화봉에게 양보하고 자신은 한 걸음 물러나서 다소곳한 자세를 하고 있다.

'설봉'이라는 이름이 말해주듯이 그녀가 가만히 있으면 마치 얼음으로 만든 꽃 빙화(氷花)처럼 보인다.

게다가 그녀는 미소라던가 애교, 마음에 없는 말 따윈 할 줄 모른다. 아니, 마음속에 있는 말조차도 하지 않는다.

좌우에 앉은 가란과 화봉이 먹여주는 술과 요리를 넙죽넙죽 받아 먹고 마시면서 기개세는 언제 외로웠느냐는 듯 연신 싱글벙글 웃음이 그치지 않았다.

먼 길을 떠나기 전에 친구들과 하룻밤쯤 질탕 마시고 놀면 앞으로 석 달 동안의 어렵고 힘든 일도 잘 참고 견딜 수 있을 것 같아서 이들을 만나려고 했었다.

자신이 떠난다니까 친구들이 무창에서 칠십여 리나 멀리

떨어진 곳까지 우르르 달려와 준 것이 기개세는 새삼스레 고
마웠다.

더구나 가란은 쌍봉루주이고 설화쌍봉은 쌍봉루의 간판인
데도 일을 팽개치고 달려와 준 것이다.

객잔에 방을 잡으러 갔던 고태도 잠시 후에 합류하게 되어
기개세를 비롯한 일곱 명은 주루가 좁다 하고 즐겁게 술을 마
셨다.

주루의 손님들은 조금 전에 배에서 내린 승객들이 거의 대
부분인데 기개세 일행을 보면서 부러움과 질시의 표정을 금
치 못했다.

아니, 그들의 시선을 한 몸에 받고 있는 사람은 누가 뭐래
도 단연 기개세다.

무창성에서 미명(美名)을 날리고 있는 가란과 화봉이 기개
세 한 사람에게만 찰싹 붙어 앉아서 온갖 교태와 애교를 부리
면서 요리와 술을 먹여주고 있으니 눈이 튀어나올 정도로 부
러워하는 것은 당연하다.

더구나 사람들을 더욱 달뜨게 만드는 것은 설봉이다. 그녀
는 화봉 옆에 앉아서 탁자에 팔꿈치를 댄 손으로 턱을 괸 채
기개세를 말끄러미 바라보며 그의 곁에 가까이 다가갈 수 없
고 또 시충들 수 없는 것을 안타까워하는 모습을 보이고 있기
때문이다.

사람들의 그런 시선까지도 즐기고 있는 기개세는 마치 세

상을 다 가진 듯 기고만장해서 웃고 떠들어댔다.

사실 사내란 이럴 때 세상 살맛이 나는 법이다.

고태는 주루에서 그리 멀지 않은 객잔에 객방을 두 개만 잡아놓았다.

포구에 승객들이 한꺼번에 몰려드는 바람에 빈 객방이 없기도 했으나, 원래 기개세는 쌍봉루에서도 설화쌍봉 두 소녀와 함께 잤었고, 형곤 등은 남자라서 같이 자도 되니까 방이 두 개면 됐다.

다만 기개세는 쌍봉루주 가란과 잔 적이 한 번도 없었다. 그렇지만 문제가 되지 않는다. 그런 쓸데없는 것에 구애받을 기개세나 가란이 아닌 것이다.

형곤과 철웅, 고태가 인사를 하고 자신들의 방으로 물러간 후 기개세와 화봉은 거침없이 훌훌 옷을 벗고 곧장 침상 위로 뛰어올랐다.

설화쌍봉은 쌍봉루의 간판이기 때문에 언제나 가장 좋은 방에서 손님을 맞이한다.

그리고 영업이 끝나고 밤에 잘 때는 자신들의 방이 따로 있는데도 불구하고 의례히 기개세의 방으로 와서 함께 뒹굴며 자곤 했었다.

설봉은 옷을 벗고 속옷 차림이 됐으나 즉시 침상에 오르지 않고 말끄러미 가란을 바라보았다. 그녀에게 기개세의 옆자리를 양보하려는 것이다.

옷을 벗고 서 있던 가란은 설봉의 그런 의도를 알아차리자마자 고마운 눈길을 보내고는 냉큼 기개세 옆자리에 누워 그를 꼭 끌어안았다.

잠시 망설이던 설봉은 화봉의 옆에 가만히 누웠다.

때는 무더운 한여름 밤이라서 이불을 덮을 필요가 없다.

기개세는 사타구니를 겨우 가린 속곳만, 세 여자도 가슴과 은밀한 부위만 살짝 가린 속곳만 입고 있는 차림이다.

가란과 화봉은 서로 기개세의 팔베개를 하겠다고 잡아끌면서 팔과 다리로 그의 몸뚱이를 부둥켜안느라 야단법석 정신이 없다.

처음으로 기개세와 자게 된 가란이지만 수줍음이나 어색함 따윈 찾아볼 수가 없다.

오히려 오래전부터 함께 자서 친숙한 것처럼 스스럼없이 행동해서 정말 오래전부터 함께 잔 설화쌍봉을 무색하게 만들 정도였다.

일남 삼녀는 한 침상 위에 누워 서로 끌어안으며 만지고 있었으나 반 시진이 지나도록 정작 모든 남녀가 침상 위에서 해야 할 일은 하지 않고 있었다.

바로 정사(情事)다.

기개세는 물론이고 설화쌍봉이나 가란도 그저 장난스럽게 기개세의 몸을 끌어안고 만질 뿐이지 어떤 애무나 정사로 이어질 만한 행동은 하지 않았다.

원래 기개세는 십오 세 이후로 무창성 내에서 거의 살다시피 하고, 한 달이면 보름 넘게 쌍봉루에서 지내왔다.

또한 설화쌍봉과 급속히 친해져서 그녀들과 함께 자기 시작한 지 일 년이 지났고, 그녀들 못지않게 가란하고도 무람없이 친한 사이다.

그런데도 불구하고 실상 그는 설화쌍봉과 한 번도 몸을 섞은 적이 없다.

그녀들의 속마음이 어떤지는 알 수 없으나, 기개세는 그녀들과 정사를 할 생각이 눈곱만치도 없었기 때문이다.

그는 천성적으로 음탕하지 않고 여색을 좋아하지 않는다.

아니, 어쩌면 아직 여색에 눈을 뜨지 못했기 때문에 여자를 모르는 것일 수도 있다.

어쨌든 그는 이날까지 설화쌍봉과 일 년 넘게 함께 자면서 별별 장난을 다 하면서도 정작 육체관계는 맺은 적이 없었다.

어쩌면 그래서 설화쌍봉이 기개세를 더욱 신뢰하고 허물없이 지내는 관계가 성립됐는지도 모른다.

"어머?"

그때 화봉이 예쁜 탄성을 터뜨렸다. 그녀의 시선은 떡잎처럼 작은 분홍색 천에 가려져 있는 가란의 풍만한 젖가슴에 고정되었다.

"란 언니, 가슴 정말 크네?"

올해 십육 세의 화봉은 이십 세의 가란을 루주보다는 친언
니처럼 따른다.

가란은 의기양양해졌다.

"크기만 할까 봐? 너보다 더 예쁠걸?"

화봉은 혀를 날름 내밀었다.

"어림도 없어요."

"기 대가에게 물어볼까?"

"바라던 바예요."

누가 먼저랄 것도 없이 가란과 화봉은 발딱 일어나 앉아서
젖 가리개를 홀떡 벗고는 누워 있는 기개세가 잘 볼 수 있도
록 가슴을 한껏 내밀었다.

"기 대가, 누구 것이 더 예뻐요?"

"잘 보세요. 소녀 것이 더 예쁘죠?"

여자들이란 별것도 아닌 것에 목숨을 걸고 승부욕을 불태
우기 일쑤다.

기개세는 빙그레 미소 지으며 건성으로 대답했다.

"둘 다 예쁘다."

"아이, 그러지 말고 직접 만지면서 제대로 봐줘요."

두 여자는 기개세의 양손을 끌어다가 자신들의 가슴을 만
지게 했다.

기개세는 평소에 그녀들의 젖가슴을 수없이 만졌기 때문
에 굳이 만져 보지 않아도 되지만 그녀들이 하는 대로 내버려

둔 채 중얼거렸다.

"화(花)아 것은 아담하면서도 부드럽고 몽실몽실하면서도 따스하고, 란아 것은 크고 탄력이 있으며 유두가 예쁘다."

두 여자가 채근한다.

"그래서 누가 더 예쁘다는 거예요?"

"말해봐요. 기 대가는 누구 가슴이 더 좋아요?"

그러나 기개세 입에서 나온 말은 뜻밖이었다.

"설아 것이 제일 예쁘다."

"네?"

"갑자기 무슨?"

가란과 화봉은 기개세의 뜬금없는 말에 의아한 표정으로 설봉을 쳐다보다가 눈을 동그랗게 떴다.

차갑고 깐깐하기로 소문난 설봉이 어느새 젖 가리개를 풀고 예쁜 젖가슴을 드러낸 채 눈을 내리깔고 다소곳이 앉아 있었기 때문이다.

"세 사람 다 우열을 가리기 어려운데 설아가 아주 조금 더 예쁘다."

서운할까 봐 위로를 하는 것이 아니라 정말 세 여자의 젖가슴은 하나같이 다 탐스럽고 아름다웠다.

설봉이 원래 말수가 적은데다 쌍봉루에서 북풍한설, 혹은 빙화라고 불릴 정도로 차가운 성격이기는 하지만 그래도 여자는 여자다.

가란과 화봉이 자기 젖가슴이 서로 예쁘다고 아옹다옹하니까 슬그머니 자신의 젖 가리개를 푼 것이다. 기개세 앞에서만큼은 꿀리고 싶지 않은 것이다.

"그만 자자."

그렇게 말하고 기개세가 눈을 감자 가란과 화봉은 그의 양쪽에 누우면서 아교처럼 찰싹 달라붙었다.

그사이에 설봉은 벽에 걸려 있는 유등을 끄러 갔다.

아직 불이 꺼지기 전에 가란은 힐끗 기개세의 아랫도리를 내려다보았다.

아리따운 세 여자를 품에 안고 있으면서도 그의 음경은 아무런 반응이 없었다.

"기 대가, 혹시 고자 아닌가요?"

가란이 평소에 품고 있던 궁금증을 드디어 입 밖에 꺼냈다. 기개세가 일 년 넘게 설화쌍봉과 함께 잠을 자면서도 아무 일도 없었다는 사실 때문이다. 그래서 농담인 체하면서 슬쩍 진심을 담아 물어본 것이다.

"나도 몰라."

"어디……."

가란은 혀로 입술을 핥더니 재미있다는 얼굴을 하고 기개세의 속곳 속으로 손을 쑥 집어넣었다.

"어머?"

주물럭거리던 가란은 잠시 후에 놀라서 벌떡 일어나 앉았고, 설화쌍봉도 가까이 다가와 고개를 들이밀었다.

세 여자는 기개세의 속곳이 찢어질 듯이 팽창해서 솟아 있는 것을 보면서 눈을 휘둥그렇게 떴다.

그러자 이번에는 화봉이 조심스럽게 속곳의 끈을 풀었다.

툭.

"악!"

"엄마야!"

"이, 이게 뭐예요, 란 언니?"

순간 세 여자는 질겁하면서 뒤로 엉덩방아를 찧고 말았다.

사실 세 여자는 사내의 음경을 지금 처음 보는 것이다.

물론 기루 생활을 하다 보니까 다른 기녀들에게 음경이 어떻게 생겼으며 어떤 기능을 하고, 또 크기는 어떻다는 등의 설명을 들은 적은 많이 있었다.

제일 어린 화봉이 눈을 동그랗게 뜨고 음경에서 시선을 떼지 못하며 탄성을 터뜨렸다.

"어… 언니, 이거 팔뚝 아니에요?"

"글쎄… 내가 보기엔 다리 같은데……."

가란이 정정을 해주었다. 그녀가 보기엔 길이나 굵기가 팔뚝보다는 발에 가까웠다.

그러자 평소에 말이 없는 설봉이 똑바로 음경을 주시하면서 마른침을 삼키며 진지한 표정을 지었다.

"둘 다 틀렸어요. 이건 구렁이에요."

"구렁이?"

"어째서?"

"봐요. 잔뜩 성이 나서 끄떡거리고 있잖아요."

그때 침상이 은은하게 떨릴 정도의 진동음이 들렸다.

"드르렁! 푸아~! 드르렁!"

세 여자가 무슨 짓을 하는지도 모른 채 잠이 들어버린 기개세는 천장이 무너져라 코를 골아대기 시작했다.

하지만 세 여자는 잠이 오지 않았다. 아니, 이 상황에서는 도저히 잠을 잘 수가 없었다. 그래서 그때부터 그녀들은 밤새 위험한 구렁이를 갖고 놀았다.

늘 아침에 제일 먼저 일어나는 고태가 기개세의 방에 왔을 때 기개세는 보이지 않았다.

똑바로 누워서 자고 있는 기개세의 양쪽에 가란과 화봉이 찰싹 붙어서 자고, 그의 몸 위에 얌전한 설봉이 엎드린 자세로 새근새근 자고 있었기 때문이다.

일남 삼녀가 해괴한 모습으로 자고 있는 모습을 발견한 고태는 소스라치게 놀라 비명을 지르지 않기 위해서 두 손으로 힘껏 자신의 입을 막은 채 밖으로 뛰어나갔다.

第十章

피로 쓴 사랑[戀]

　기개세 일행은 아침 식사를 끝내고 배의 출발 시각인 진
시(辰時:아침 8시)보다 반 시진 먼저 포구로 나왔다.

　기개세는 얇은 청의 경장을 입고 오른쪽 어깨에는 헝겊에
싼 긴 물건을 메고 있는 모습이다.

　헝겊에 싼 물건은 사부 독고성이 남긴 천신검이다. 그는 검
법을 모르기 때문에 검이 필요하지 않지만 왠지 천신검을 몸
에서 떼어놓고 싶지 않았다.

　사실 그는 천신동을 떠난 이후 잘 때 외에는 잠시도 천신검
을 떼어놓지 않았다.

　천신검을 헝겊에 쌌지만 그것이 검이라는 사실을 누구라

도 한눈에 알 수 있을 것이다.

그래서 건장한 체구에 준수한 용모인 기개세는 명문가의 소년 고수처럼 보였다.

포구에 서 있는 기개세는 여전히 많은 사람들의 시선을 한 몸에 받고 있었다.

가란과 화봉이 그의 좌우에서 팔을 붙잡고 가슴에 꼭 끌어안은 채 떨어질 줄 모르고 있었기 때문이다.

가란은 평소와는 달리 조금 이상했다. 예전의 그녀는 이따금 기개세의 술자리에 찾아와서 그의 무릎에 앉거나 그가 몸을 만지도록 하는 것이 전부였으나 지금은 마치 연인처럼 굴어서 설화쌍봉이 무색할 정도다.

설화쌍봉이나 가란이 기개세를 좋아하는 것은 그의 신분이나 돈 때문이 아니다. 그녀들이 기개세의 신분을 알게 된 것은 몇 달 되지 않는다. 그전에는 그가 단지 건달인 줄 알았고, 그러면서도 죽자 사자 매달렸다.

사람이 사람을 좋아하는 데에는 반드시 마땅한 이유가 있게 마련이다. 가란과 설화쌍봉이 헌신적이며 무조건적으로 기개세를 좋아하는, 아니, 신봉하는 데에도 그럴 만한 이유가 있었다.

일 년 전쯤에 있었던 일이다.

설화쌍봉의 미명이 무창성 안팎에 크게 알려지면서 쌍봉루가 연일 밀려드는 손님들로 문전성시를 이루고, 반면에 무창성의 뭇 기루들은 파리를 날리는 상황이었다.

그러자 무창성 최대, 최고 기루 백화루(百花樓)의 실제 주인인 무창성 제일거부 방삼화(方三和)가 설화쌍봉에게 거액을 제시하면서 그녀들의 기적(妓籍)을 백화루로 옮길 것을 은밀하게 권유했다.

설화쌍봉은 그 제의를 일언지하에 거절하고 그 사실을 가란에게 알렸다.

그 이후에도 방삼화는 갖은 방법으로 설화쌍봉을 빼가려고 무수히 시도했으나 그때마다 번번이 실패했다.

결국 방삼화는 설화쌍봉만이 아니라 쌍봉루를 통째로 집어삼키려는 야욕을 품었고 그것을 실천으로 옮겼다.

어느 날 영업이 끝난 새벽녘 쌍봉루에 세 명의 괴한이 침입했다. 그들은 방삼화의 심복들로서 무술깨나 한다는 놈들이었다.

세 명은 잠든 설화쌍봉을 제압해서 묶은 후 그녀들을 끌고 가란의 방으로 잠입, 그녀도 제압해서 묶었다.

방삼화가 심복들에게 명령한 것은, 가란을 협박하여 쌍봉루와 설화쌍봉을 방삼화에게 무조건 넘긴다는 문서를 작성하게 하는 것이며, 만약 그것이 여의치 않을 경우에는 가란을 죽이고 설화쌍봉을 납치하라는 것이었다.

그 당시에 기개세는 쌍봉루에 거처를 마련하고 숙식을 시작한 지 채 한 달도 되지 않았을 때였다.

그는 새벽녘에 잠이 깨어 너무 배가 고파서 뭐 먹을 것이 없나 하고 방에서 나와 어슬렁거리며 돌아다니다가 가란의 방에서 이상한 소리가 흘러나오는 것을 들었다.

살며시 방문을 열고 들여다보니까 세 명의 괴한이 가란과 설화쌍봉을 발가벗겨 놓고 막 강간을 시작하려는 찰나였다.

기개세는 앞뒤 잴 것 없이 달려들어 제일 먼저 가란을 덮치던 놈의 사타구니를 있는 힘껏 걷어차서 게거품을 물고 혼절하게 만들고는 즉시 다른 두 놈에게 덮쳤다.

첫 번째 놈은 방심하다가 당했으나 두 놈은 결코 만만하지 않았다. 놈들은 무기를 뽑아 들고 득달같이 달려들었다.

사실 기개세의 실력으로는 두 명의 괴한을 당할 수가 없다. 하지만 그 당시의 그는 마치 악귀 같았다.

온몸이 무기에 베이고 찔려 피투성이가 되어 피를 철철 흘리면서도, 그리고 수없이 쓰러졌다가도 벌떡벌떡 끈질기게 일어나 놈들에게 달려들었다.

여북했으면 보고 있던 가란이 기개세에게 이제 그만하라고, 그러다가 죽겠다고 비통하게 울면서 악을 쓰며 외쳤겠는가.

두 놈은 지치기 시작했고, 아니, 그보다는 기개세에게 질려서 동작이 점점 둔해졌다.

기개세는 그 기회를 놓치지 않고 두 놈에게 달려들어 실로 어렵사리 제압을 했다.

그리고는 미친 듯이 놈들을 두들겨 패서 얼굴을 묵사발로 만들고, 온몸의 뼈를 다 부러뜨려 놓았다.

이후 놈들을 심문하여 이 모든 일이 방삼화의 사주라는 자백을 받아냈고, 날이 밝자 무창성 현청으로 놈들을 끌고 가서 현감에게 이실직고 실토를 하게 하여 결국 방삼화를 잡아들이게 했다.

피투성이 기개세는 현청까지 따라온 가란과 설화쌍봉을 보면서 피범벅 얼굴에 환한 웃음을 지으며 말했다.

"이제 됐지?"

그리고는 그 자리에 쓰러져 혼절하고 말았다.

가란은 기개세를 쌍봉루로 데리고 와서 설화쌍봉과 기개세 곁에서 먹고 자면서 함께 지극정성으로 치료와 간호를 했다.

그러는 동안 세 여자는 만약 기개세가 소생하면, 자신들의 목숨과 순결과 쌍봉루를 지켜준 그를 죽을 때까지 주인처럼 받들고 모시자는 맹세를 했다.

기개세를 치료하는 동안 쌍봉루는 문을 닫았으며, 그리고 마침내 그는 닷새 만에 기적적으로 깨어났다.

그날 이후 가란과 설화쌍봉은 자신들의 맹세처럼 무조건적으로 기개세를 맹종하는 여자들이 되었다.

기개세가 배에 오를 시간이 되자 제일 먼저 화봉이 울음을 터뜨렸고, 눈물을 참으려고 애쓰던 가란도 급기야 기개세의 어깨를 흠뻑 적시면서 울어댔다.

"울지 마라. 응? 내가 죽으러 가는 거냐?"

여자들을 달래주는 한편으로 기개세는 속으로는 흐뭇했다. 자신을 위해서 이토록 슬프게 울어주는 사람이 있다는 사실 때문이다.

늘 그랬다. 그는 집에서 얻지 못한 따스함과 화목함을 밖에서 찾기를 원했고, 그것을 설화쌍봉과 가란, 그리고 삼야차가 채워주었다.

그런데 방금까지도 옆에 있던 설봉이 사라졌다. 두리번거리면서 찾아보았으나 어디에도 보이지 않았다.

선원이 탑승하라고 고래고래 소리를 지르기 시작하자 화봉과 가란은 마치 기개세를 죽으러 보내는 것처럼 목을 놓아 울어댔다.

"대형 가시는데 재수없게 이 자식이! 뚝 안 그쳐?"

갑자기 철웅이 버럭 소리를 질러서 쳐다보자 여자보다 더 아름답고 뽀얀 얼굴의 고태가 두 손으로 얼굴을 가린 채 소리 죽여 흐느끼고 있었다.

"태야."

기개세는 용모뿐만 아니라 마음이나 성격까지도 여리고 순수한 고태를 품에 안고 등을 토닥여 주었다.

"으헝~ 엉~! 금비라!"

그러자 고태는 기다렸다는 듯이 품속으로 파고들며 여자

들보다 더 슬프게 울어댔다.

"금비라, 옥체 보중하십시오."

"대형, 어디서든 기죽지 마십시오."

형곤과 철웅의 정중하고 씩씩한 인사를 받으면서 기개세
는 손을 흔들며 배로 향했다.

"기 대가!"

그때 날카로운 외침이 기개세의 발을 묶었다.

그가 걸음을 멈추고 쳐다보자 저만치 가게들이 있는 곳에
서 설봉이 종종걸음으로 넘어질 것처럼 달려오고 있었다.

"하아… 하아… 이거……."

숨이 턱에 차서 얼굴이 빨개진 설봉이 흰 비단 수건에 싼
물건을 내미는데 김이 모락모락 피어났다.

기개세가 받아서 펼쳐 보니 큼직하고 따끈한 만두 다섯 개
가 포개져 있었다.

그런데 만두에 붉은 물감 같은 것이 묻어 있는 것 같아서
만두를 형곤에게 맡기고 흰 비단 수건을 펼쳐 보던 그는 얼굴
이 확 굳어졌다.

비단 수건 한복판, 즉 만두가 포개져 있던 밑바닥에는 붉은
한 글자가 적혀 있었다.

'련(戀)'.

사랑한다는 뜻이다.

그런데 글씨를 급히 썼는지 채 마르지 않았고, 지금도 번지

고 있는 중이다.

기개세는 문득 이상한 생각이 들어서 설봉을 쳐다보았다.

깜짝 놀란 그녀는 급히 왼손을 등 뒤로 감추었다.

기개세가 강제로 설봉의 왼팔을 붙잡아서 살펴보니 왼손 검지 끝에서 피가 방울방울 떨어지고 있었다.

"너……."

기개세가 부릅뜬 눈으로 무섭게 쏘아보자 설봉은 움찔 놀라 눈물을 글썽였다.

"사랑해요."

잔뜩 겁을 먹었으면서도 그녀는 자신이 하고 싶은 말을 한 자 한 자 또박또박 말했다.

기개세가 무서운 표정을 지은 것은 그녀를 혼내려는 것이 아니라 가슴속에서 무엇인가 뭉클 하고 치밀어 올랐기 때문이다.

"이 녀석 설아……."

기개세가 와락 끌어안자 설봉은 그제야 그의 품속에서 참새처럼 몸을 떨면서 흐느껴 울었다.

그녀는 자신의 마음을 전하려고 혈서를 쓰려 했으나 칼이 없어서 가게에 갔던 것이고, 또한 기개세가 여행 중에 배고플까 봐 만두를 사온 것이다.

그때 갑자기 가란과 화봉이 득달같이 형곤과 철웅에게 달려들며 합창하듯 소리쳤다.

“어서 칼 내놔!”

“나도 혈서 쓸 거야!”

형곤이 늘 허리에 차고 다니는 반월처럼 굽은 한 자 길이의 월삭도(月削刀)와 철웅이 어깨에 메고 다니는 흑창을 기어코 뺏은 두 여자는 손목을 자를까, 아예 목을 자를까 난리법석을 부렸다.

“이미 떠나셨소.”

형곤이 무뚝뚝하게 중얼거리자 가란과 화봉은 번쩍 정신이 들어 배를 쳐다보았다.

그러나 배는 이미 포구를 떠나 강 중심으로 유유히 흘러가고 있었다.

두 여자는 소스라치게 놀라 강으로 뛰어들 것처럼 달려가면서 울며 소리쳤다.

“기 대가!”

“아악! 기 대가!”

기개세는 멀어지는 배의 뱃전에 서서 손을 흔들고 있었다.

그런데 무엇을 발견했는지 가란과 화봉의 눈이 확 커지고 눈에서 불똥이 튀었다.

흔들고 있는 기개세의 손에서 펄럭이고 있는 것은 설봉의 흰 비단 수건이었다.

그녀가 피로 사모할 ‘련’ 이라고 쓴 바로 그 비단 수건이다.

두 여자가 힐끗 쳐다보니 설봉은 화사하게 미소 지으면서 손을 흔들고 있었는데 방울방울 떨어지는 눈물은 기쁘고도 슬픈 눈물이다.

그녀의 왼손 검지에서는 아직도 피가 방울방울 흐르고 있었다. 피처럼 진한 사랑이다.

*　　　*　　　*

무창성에 돌아온 형곤은 고태를 데리고 자신이 방주로 있는 신월방에 잠깐 들렀다가 다시 나와 곧장 어딘가로 향했다.

이각 후에 그와 고태가 찾아간 곳은 가난한 사람들이 모여서 살고 있는 무창성의 서남문인 망산문(望山門) 밖 장강 강변이었다.

무창성 내에서 허드렛일이나 날품팔이 따위의 천한 일을 하는 사람들이 모여서 사는 곳이다.

고태는 움막이 바글바글 모여 있어서 악취가 풍기는 빈민가를 꼬불꼬불 한참이나 꺾어져 들어가더니 이윽고 어느 움막 앞에 멈추었다.

"방가(方家), 안에 있소?"

잠시 후 움막의 거적이 들쳐지면서 꾀죄죄한 몰골의 사십대 사내가 기침을 하면서 나왔다.

"누구……."

"나요."

형곤을 발견한 사내 방견(方堅)은 땟국물이 줄줄 흐르는 얼굴에 한줄기 반가운 기색을 떠올렸다.

"아… 형 방주께서 어찌 이런 누추한 곳엘……."

방견은 몇 달 전까지만 해도 형곤의 신월방이 관할하는 거리에서 작은 주루를 운영하던 사람이다.

다른 하오문이 관할하는 거리보다 비교적 저렴한 보호비를 신월방에 내면서 타고난 근면성과 친절함, 그리고 아내의 요리 솜씨를 밑천으로 장사를 하여 개업 이 년 만에 좀 더 큰 주루로 확장할 수 있게 되었다.

자신이 운영하던 주루를 팔아서 받은 은자 이백 냥과 그동안 모은 은자 삼백 냥, 도합 오백 냥을 이사를 가게 될 주루에 다음날 갖고 가서 대금을 치르기로 되어 있었다.

그런데 불행히도 바로 그날 밤 주루에 강도들이 들이닥쳐서 무기로 방견 부부를 협박하여 은자 오백 냥을 깡그리 털어간 것이다.

청천벽력 같은 일에 아내는 울다가 지쳐서 몸져누웠고, 방견은 넋을 잃은 채 하루 종일 주루 바닥에 퍼질러 앉아서 한숨만 내쉬다가 주루에 이사를 들어올 사람에 의해 거리로 쫓겨나고 말았다.

방견 부부의 사정이 딱하기는 하지만 이사를 들어올 사람도 가진 것 다 털어서 주루를 샀기 때문에 누구를 동정할 처지가 아닌 것이다.

그때 소식을 들은 기개세와 형곤 일행이 한달음에 달려왔고, 방견에게 그날 밤에 있었던 일과 강도들의 인상착의를 자세히 듣고는 그때부터 동원할 수 있는 모든 인원을 풀어서 무창성 내를 이 잡듯이 뒤지고 다녔다.

그 결과 성내 외곽의 어느 기루에 틀어박혀 있던 강도 중 한 명을 발견, 덮쳐서 반죽음을 만들어놓았다.

이후 강도를 심문하여 또 다른 공범이 강탈한 은자 오백 냥을 모두 갖고 있다는 실토를 받아내고는, 공범에게 가기 위해서 그놈을 앞세워 두들겨 패면서 거리로 나섰다.

바로 그때 거리를 지나던 한 소녀 고수가 그 광경을 우연히 목격하게 되어 개입하게 되었고, 그 결과 기개세와 형곤 등은 소녀 고수에게 묵사발이 됐으며, 그 틈을 이용하여 강도는 순식간에 사라져 버렸다.

그 소녀 고수가 바로 안휘성 벽검문의 소문주인 손진이었다.

받은 것은 반드시 열 배 백 배로 돌려줘야만 직성이 풀리는 기개세가 당하고 가만히 있을 리 만무하다.

결국 그의 집요함이 결실을 맺어 보름 후 안휘성에서 손진을 미혼향으로 혼절시켜 구화산으로 끌고 올라갔던 것이다.

손진에게 당한 이후에도 형곤은 강도들을 찾으려고 백방으로 수소문했으나 끝내 뜻을 이루지 못했다.

십육 일 만에 극적으로 무창성에 돌아온 기개세는 형곤에게 몇 가지 지시를 내렸는데, 그중에 방견이 강탈당한 은자 오백 냥을 형곤이 대신 내주라는 내용도 있었다. 그래서 이렇게 방건을 찾아온 것이다.

"여기 있소. 금비라께서 주시는 것이오. 장사를 다시 시작하도록 하시오."

철렁!

형곤이 은자 오백 냥을 건네자 얼떨결에 두 손을 내밀어 받은 방건은 무게 때문에 바닥에 떨어뜨리고 말았다.

"이게 무슨……."

그가 엉거주춤 무릎을 꿇고 은자 오백 냥을 힘겹게 집어든 후 몸을 일으켰을 때에는 형곤과 고태의 모습이 이미 보이지 않았다.

그는 넋을 잃고 그 자리에 한참 동안 서 있다가 이윽고 무릎을 꿇더니 무창성 쪽을 향해 큰절을 올리면서 울음을 터뜨리고 말았다.

"크흐흑! 고맙습니다… 금비라 나리……."

그렇다고 기개세가 착한 일만 하는 것은 아니다. 의협심이나 정의감 따위는 쥐뿔도 없다. 솔직히 말하면 그는 배알이 꼴리는 대로 행동하는 편이었다.

그러다 보니까 더러는 착한 일도 하고 나쁜 일도 하게 되는 것이다.

하지만 나쁜 일이라고 해봐야 순전히 재미를 위해서 남을 골탕 먹이는 정도의 수준이다.

방견이 은자 오백 냥을 무겁게 들고 움막 안으로 들어가 몸 겨누워 있는 아내와 기쁨을 누리고 있을 때, 움막 밖에 홀연히 세 사람이 나타났다.

그들은 한 명의 소녀와 두 명의 무림인이었다.

소녀가 가볍게 고개를 끄덕이자 무림인 중 한 명이 움막 안을 향해 나직이 입을 열었다.

"실례하겠소. 이곳에 무창성에서 주루를 하던 방견이라는 사람이 있소?"

잠시 후 방견이 조심스럽게 거적을 들치고 나오더니 세 사람을 보고 겁먹은 표정을 지었다.

아리땁지만 고고하고 오만한 듯한 기품의 소녀는 방견을 보며 조용히 입을 열었다.

"당신이 방견인가요?"

"그… 렇습니다만… 무엇 때문에……."

소녀, 즉 안휘성 벽검문 소문주인 손진은 방견의 몸에서 풍겨지는 악취 때문에 속이 메스꺼웠으나 티를 내지 않으려고 애쓰면서 말했다.

"당신이 예전에 강도를 당했었다고 하던데 정말인가요?"

"그렇습니다."

손진은 구화산에서 기개세에게 당할 때 그에게 들었던 약간의 단서를 갖고서 조사를 시작하여 결국 방견을 찾아내기에 이르렀다.

"그 당시의 이야기를 자세히 해주었으면 좋겠군요."

손진의 주문에 방견은 더듬거리면서 자신이 당했던 일들과 금비라에게 돈을 받은 얘기를 해주었다.

"금비라? 그자가 금비라인가요?"

"그렇습니다. 소인에겐 하늘 같은 은인이시죠."

손진은 비로소 자신이 실수를 했다는 사실을 깨달았다. 기개세가 구화산에서 했던 말은 맞았다.

결국 손진은 강도를 잡은 기개세 일행을 치도곤내고 강도를 도망치게 해준 꼴이 되고 말았다.

그것은 분명히 실수였다. 하지만 그렇다고 기개세에 대한 분노가 사라진 것은 아니다. 실수는 실수고 치욕은 치욕인 것이다.

"어디에 가면 그를 찾을 수 있나요?"

손진의 물음에 여태까지 감히 그녀를 쳐다보지도 못했던 방견은 고개를 들어 그녀를 조심스럽게 쳐다보더니 짧게 한마디를 했다.

"모릅니다."

손진은 방견이 알면서도 대답하지 않는다는 사실을 직감했기에 순순히 물러나지 않았다.

"말해주면 고맙겠군요."

방견은 용기를 더 냈다.

"그분에게 해를 끼치려고 찾는 것입니까?"

천성적으로 거짓말을 하지 못하는 손진은 가볍게 고개를 끄덕였다.

"그래요."

그러자 방견은 여태까지 주눅 든 모습을 벗어던지고 강경하게 입을 열었다.

"그분의 행방을 물으려거든 차라리 나를 죽이시오."

말투도 행동도 순식간에 변했다. 손진을 금비라의 적이라고 간주했기 때문이다.

"이자가!"

옆에 서 있던 벽검문 고수가 손을 쳐들면서 방견에게 다가들자 손진이 제지했다.

"됐다."

그녀는 방견을 쳐다보았다.

방견도 지지 않고 그녀를 마주 쏘아보았다. 방금 전까지 비루먹은 개처럼 굽실거리던 빈민촌의 사내 모습이 아니다.

죽일 테면 죽여라. 결단코 금비라에게 해가 되는 말은 하지 않겠다는 각오가 얼굴에서 철철 넘쳐흘렀다.

이윽고 손진은 나직한 한숨을 토해내며 발길을 돌렸다.

"가자."

더러운 오물이 질척거리면서 발에 튀는 것도 모른 채 걸으면서 그녀는 복잡한 표정을 지었다.

‘도대체 그놈은 어떻게 돼먹은 작자야?

*   *   *

무창성을 출발한 지 이십 일이 지나서야 기개세가 탄 배는 호북성 북단에 위치한 광화현 포구에 닿았다.

무창성에 비할 바는 못 되지만 그런대로 광화현은 제법 번성한 현이었다.

포구에 내려선 기개세는 곧장 낙성검가로 찾아가지 않았다.

장장 이십 일 동안 배로 여행을 하느라 심신이 모두 지쳐 있었기 때문에 어디 그럴싸한 곳에 가서 한바탕 질탕하게 먹고 마시고 싶은 마음이 굴뚝같았다.

그래서 그가 먼저 찾은 곳은 광화현에서 제일 크고 화려한 기루였다.

“흠. 그런대로 괜찮군.”

눈을 반개하고 기루 앞에 서서 기루 건물을 이리저리 살피며 고개를 끄덕이는 기개세.

이윽고 부푼 마음으로 그가 막 기루 입구로 걸음을 옮겼을 때 갑자기 들려온 목소리가 그의 뒷덜미를 낚아챘다.

“잠깐 기다리시오.”

걸음을 멈춘 기개세가 돌아보니 한 명의 준수한 청년이 우

뚝 서서 그를 주시하고 있다. 물론 기개세로서는 처음 보는
얼굴이다.

기개세는 의아한 표정을 지으면서 손가락으로 자신의 코
를 찌르듯이 가리켰다.

"내게 말한 것이오?"

"그렇소."

"나를 아시오?"

청년은 가볍게 고개를 끄덕였다.

"대충은."

"대충 어떻게 아는지 말해보시오."

그러면서 기개세는 청년의 모습을 가만히 살펴보았다.

청년은 이십이삼 세 정도의 나이고, 일신에는 싸구려지만
깨끗한 황의 경장을 입었고, 오른쪽 어깨에는 한 자루 검을
메고 있는 모습이다.

검고 짙은 눈썹에 부리부리하면서도 정기가 가득한 맑은
두 눈. 우뚝한 콧매와 약간 두툼한 입술, 강인한 턱과 굵은 목
을 지닌 제법 준수하면서도 호남형의 용모를 지녔다.

그리고 황의청년에게서 느껴지는 기운은 '정의로움' 이었
다. 그것은 누가 보더라도 한눈에 느낄 수 있을 듯했다.

"귀하는 무창성에서 오지 않았소?"

기개세는 팔짱을 끼고 고개를 끄덕였다.

"그렇소."

황의청년이 너무나 반듯하고 당당한 모습인 데 반해서 기개세는 삐딱한 자세에 팔짱을 끼고 그것도 모자라서 한쪽 다리를 건들거리고 있었다.

"혹시 낙성검가를 찾아오지 않았소?"

뜻밖의 말에 기개세는 '어?' 하는 표정을 지었다가 곧 황의청년이 누군지 짐작해 냈다.

"당신은 낙성검가 사람이겠군."

황의청년은 순순히 고개를 끄덕였다.

"그렇소. 귀하를 마중하러 나왔소."

기개세는 짚이는 바가 있어서 넌지시 물었다.

"혹시 포구에서부터 나를 따라온 것이오?"

"그렇소."

"그렇군."

기개세는 고개를 끄덕이더니 몸을 돌려 기루 입구로 휘적휘적 걸어갔다.

"잘 왔소. 우리 술이나 한잔하고 갑시다."

기개세의 뒷모습을 보는 황의청년의 얼굴이 슬쩍 흐려지면서 하늘을 올려다보았다.

서쪽 하늘에 뉘엿뉘엿 해가 지면서 붉게 석양이 물들고 있었다. 서둘지 않으면 해가 떨어진 후에야 본 가에 도착하게 될 것이다.

그는 빠른 걸음으로 기개세를 뒤따랐다.

"귀하, 술은 본 가에 가서 마시는 게 어떻겠소?"

기개세는 걸음을 멈추지 않고 기루 입구 안쪽으로 들어서며 대수롭지 않게 말했다.

"나는 계집이 없으면 술을 마시지 않소."

황의청년의 얼굴빛이 조금 더 흐려졌다.

기개세는 어느새 기녀들의 환대를 받으면서 기루 안으로 들어가고 있었다.

황의청년은 기루 안으로는 들어서지 않은 채 걸음을 멈추고 급히 말했다.

"본 가에도 여자가 있소."

"흠! 그녀가 내 술시중을 들어줄 수 있소?"

황의청년의 눈빛이 흐려지는 것을 보고서도 기개세는 개의치 않았다.

"그럴 수 없다면 여기서 마시고 갑시다. 이 기루에서 제일 삼삼한 계집을 형씨에게 양보하겠소. 껄껄껄!"

기개세가 몸을 돌려 양쪽에 기녀를 껴안는 것을 보면서 황의청년이 조용히 입을 열었다.

"본 가의 여자가 귀하의 술시중을 들게 하겠소."

"흠, 그렇다면야……."

기개세는 그제야 슬며시 기녀들을 놓아주며 몸을 돌렸다.

그러자 기녀들이 가지 말라고 앙탈과 애교를 부리면서 그를 붙잡았다.

쑥!

"어허, 그거 참으로 멋진 젖퉁이를 갖고 있구나."

그는 아쉬운 듯한 얼굴로 기녀의 앞섶으로 손을 쑥 집어넣어 젖가슴을 주물러대면서 이지렁을 떨었다. 그 모습은 누가 보기에도 음탕한 색한에 다름 아니었다.

"형씨네 집의 계집도 이런 근사한 젖퉁이를 갖고 있소?"

사실 황의청년은 이날까지 살면서 한 번도 기루에 출입한 적이 없었다.

뿐만 아니라 여자의 젖가슴을 만져 보기는커녕 여자의 손조차 잡아본 적이 없다.

그럴 시간이 있으면 무공 연마와 학문 공부에 더 분발하는 것이 평소 그의 모습이다.

기실 낙성검가에는 여자가 딱 두 명이 있다. 황의청년의 모친과 누이동생이다.

그렇다고 술자리에 모친을 앉힐 수는 없는 일이고, 누이동생을 설득해서 기개세에게 술시중을 들게 할 생각을 하고 있는 중이었다.

그런데 기개세가 아무렇지도 않게 기녀의 젖가슴을 주무르며 '네 누이동생도 이런 젖가슴을 갖고 있느냐?' 라는 식으로 묻자 말문이 막혀 버렸다.

그렇지만 그는 화를 내지 않았다. 그럴 수 없는 처지이기 때문이다.

기개세는 그에게, 아니, 낙성검가에게 구세주나 다름이 없는 사람이다.

그를 데려가지 못하면 낙성검가는 일패도지, 그대로 주저앉아 다시는 일어서지 못할 터이다.

누이동생의 젖퉁이 운운하는 것이나, 어쩌면 기개세가 정말로 술자리에서 누이동생의 젖퉁이를 주무를지도 모르지만 어쩔 수 없는 일이다. 누이동생의 젖퉁이보다는 가문의 흥망이 더 중요했다.

"갑시다."

결국 황의청년은 가문을 일으키는 쪽을 선택했다.

그런데도 기개세는 걸음을 옮기지 않고 야지랑을 떨었다.

"형씨네 집 계집의 젖퉁이가 이 계집처럼 근사하냐니까?"

"본 적은 없지만 아마 그… 그럴 것이오."

"본 적이 없는데 어떻게 아오?"

"……."

황의청년은 말문이 막혔다. 기개세의 말이 맞다. 누이동생의 가슴이 불룩해서 풍만하다는 것만 어렴풋이 알 뿐 실제로는 본 적도 만져 본 적도 없으니 어찌 알겠는가.

황의청년이 아무 말도 못하자 기개세는 그것보라는 듯 다시 기녀를 안고 안쪽으로 들어가려고 했다.

"귀하!"

그때 황의청년의 단단한 외침이 들려왔다.

기개세는 걸음을 멈추고 뒤를 돌아보다가 가볍게 표정이 변했다. 황의청년이 깊숙이 허리를 굽히고 있었기 때문이다.

황의청년은 그 자세로 굳은 듯이 그대로 있었고, 기개세는 묵묵히 지켜보며 정적이 흘렀다.

기개세는 황의청년을 응시하면서 가볍게 미간을 좁혔다.

'대체 무엇이 저 사람을 저토록 질박하게 하는 것인가?

이어서 그는 황의청년 곁을 스쳐 지나며 나직이 중얼거렸다.

"갑시다."

第十一章

불알과 젖퉁이

大夫

대사부

　낙성검가는 광화현 외곽 동북쪽의 도단강(刀丹江)이라는
강변에 위치해 있었다.
　광화현에서 이각 정도 걸리는 거리라서 기개세와 황의청
년이 도착했을 때에는 이미 땅거미가 사위를 어둑어둑하게
만들고 있었다.
　기개세는 관도 변에 우뚝 서 있는 제법 웅장한 규모의 대장
원을 쳐다보았다.
　십여 채의 전각들로 이루어졌으며 웬만한 중간급 문파의
위용을 갖추고 있었다.
　그러나 장원의 담 곳곳이 허물어졌고 전문은 낡았으며, 담

너머로 보이는 전각 지붕의 기와는 깨지고 잡초가 무성한 광경이었다.

일견하기에도 과거에는 제법 명성을 떨쳤으나 지금은 쇠락한 문파가 분명했다.

전문 위에 가로로 걸린 현판의 '落星劍家'라는 색 바랜 글씨만이 과거의 명성을 조금이나마 대변하고 있을 뿐이다.

"들어갑시다."

전문 앞에 멈춰 서 장원을 둘러보고 있는 기개세에게 황의청년이 권하면서 전문을 밀었다.

끼이익.

안에서 누가 문을 열어주는 것도 아니고 또한 안에서 누군가 마중을 나오지도 않았다.

기개세는 황의청년을 따라서 안으로 들어갔다. 장원 안은 밖에서 보던 것보다 더 황폐한 광경이 펼쳐져 있었다.

곳곳에 잡초가 무릎 높이로 자랐으며 아무도 살지 않는 듯한 전각은 을씨년스러워서 당장이라도 귀신이 튀어 나올 것 같았다.

저벅저벅.

땅거미가 짙게 깔린 장원 안에 두 사람의 발자국 소리만 간단없이 울려 퍼졌다.

황의청년은 묵묵히 앞장서서 걷다가 이윽고 어느 전각 앞에 멈추었다.

그 전각도 다른 전각들과 다름이 없는 모습이었으나 어느 방엔가 불이 켜져 있다는 것이 달랐다.

황의청년은 불이 켜진 창 앞에 서서 공손히 허리를 굽혔다.

"아버님, 소자 다녀왔습니다."

잠시 후에 창 안쪽에서 조용한 여인의 목소리가 흘러나왔다.

"모시고 들어오너라."

황의청년은 부친에게 보고를 했는데 뜻밖에도 대답을 하는 이는 여인이었다.

황의청년은 팔을 대전 입구 쪽으로 향하게 하며 기개세를 인도했다.

대전에서 몇 개의 복도를 지난 두 사람은 어느 방문 앞에 이르렀다.

"들어가겠습니다."

황의청년이 조심스럽게 아뢰고는 방문을 열고 기개세에게 먼저 들어갈 것을 권했다.

생전 처음 오는 곳이고 으스스한 분위기의 흉가 같은 곳이라면 조금 께름칙할 법도 한데, 기개세는 태연하게 방 안으로 들어섰다.

방 안으로 들어선 기개세의 눈에 제일 먼저 들어온 것은 한쪽 벽에 놓여 있는 침상이었다.

침상에는 한 명의 노인이 누워 있었고, 그 옆에는 한 여인이 다소곳이 앉아 있었다.

기개세의 시선이 노인에게 향했다. 그는 피골이 상접한 몰골로 눈을 감고 있었으며 얼굴이 누런 것이 중병을 앓고 있는 기색이었다.

"가주께서 병환 중이시라 마중을 나가지 못하고 아들을 보냈으니 너그러이 용서하세요."

기개세가 노인을 살피고 있는데 여인의 나직하지만 예의 바른 목소리가 들려왔다.

사십대 중반으로 보이는 후덕한 용모에 평범하지만 깨끗한 옷을 입은 여인이 일어나 기개세에게 조용한 미소를 보내고 있었다.

기개세는 가타부타 말없이 그저 가볍게 고개만 끄덕였다.

그가 보기에 노인이 낙성검가의 가주이며 황의청년의 부친인 듯했고 여인은 모친인 것 같았다.

"앉으시지요."

여인은 침상에서 가까운 곳의 탁자 옆 의자를 가리켰다.

기개세가 앉자 여인은 맞은편에 앉았고, 황의청년은 앉지 않고 여인의 오른편에 섰다.

여인은 조용히 기개세를 바라보았다. 살피는 것도 아니고 긴장하는 모습도 아닌, 그저 고즈넉이 바라보기만 했다.

예전에는 매우 고왔겠으나 오랜 고생에 잔주름이 눈가와 입가에 자글자글한 모습의 여인이다.

기개세도 물끄러미 여인을 마주 쳐다보았다. 처음에는 아무런 뜻 없이 쳐다보았으나 시간이 지날수록 마음이 편안해지는 것을 느꼈다.

아마도 여인의 포근한 눈빛과 부드러운 입가의 미소 때문일 것이라고 그는 생각했다.

"무엇을 알고 있나요?"

이윽고 여인이 조용히 말문을 열었다. 그 목소리는 흡사 추위에 얼었다가 따뜻한 물 한 모금을 삼켰을 때처럼 정감이 넘쳐흘렀다.

"아무것도."

"그렇군요."

기개세의 무뚝뚝한 대답에도 여인은 미소를 잃지 않고 고개를 끄덕였다.

"본 가는 과거 십여 년 전까지만 해도 호북십가(湖北十家) 중에서도 이름을 떨치던 명문가였다오."

'호북십가'라는 말은 기개세도 들은 적이 있다. 그것은 정파에만 국한되는 말로써, 호북성 내에서 가장 명망이 높고 역사가 깊은 가문 열 곳을 뜻하는 것이다.

예로부터 '사도는 이득'이라 했고, '마도는 권세'이며, '정파는 명예'라고 했다. 그만큼 정파는 명예를 중시 여긴다.

'호북십가'가 어디어디를 가리키는지는 자세히 모르겠지

만, 낙성검가가 그중 하나였다는 사실에 기개세는 약간 놀랐고 또 흥미를 느꼈다.

그래서인지 여인의 자늑자늑한 목소리에는 다분히 자부심이 실려 있었다.

"그러나 십여 년 전에 가주께서 폐관 중에 주화입마에 드신 이후부터는 가문이 기울기 시작하여 문하 제자들도 하나둘씩 떠나가더니 십여 년이 흐른 지금은 몰락 직전의 처지가 되고 말았다오."

여인은 가문의 비통한 처지를 토로하면서도 조금도 주눅 든 모습이 아니고 그렇다고 당당한 모습도 아니었다. 다만 특유의 물이 흐르는 듯 유유히 말을 하고 있었다.

"우리에겐 아이가 둘이 있으나 그 당시에는 둘 다 어려서 전혀 도움이 되지 못했다오. 그리하여 십여 년이 흐르는 사이에 큰 빚을 지게 되고 말았군요."

"빚이 얼마요?"

듣고만 있던 기개세가 불쑥 물었다.

"은자 삼만 냥이라오."

"그깟 삼만 냥⋯⋯."

어이없다는 듯 중얼거리던 기개세는 여인의 눈빛이 엄해지는 것을 발견하고 말끝을 흐렸다. 아마도 몰락한 명가의 최후의 자존심이리라.

"이달 말까지 은자 삼만 냥을 마련하지 못하면 이 장원을

빚쟁이에게 넘겨주고 우리는 거리로 나앉을 수밖에 없는 처
지였다오."

'호북십가'의 하나일 정도의 명문가가 고작 은자 삼만 냥
때문에 거리로 나앉아야 하다니, 기개세에겐 어이가 없는 일
이었지만 낙성검가에겐 비참하기 짝이 없는 일이었다.

여인은 말을 에둘러서 하지 않았다. 조용조용히 말하면서
도 사족은 일체 배제하고 핵심만 짚어서 말했다.

"그런데 다행스럽게도 공자의 집안에서 선뜻 은자 십만 냥
이라는 큰 금액을 내어주셨다오."

공자란 기개세를 가리키는 것이고, 공자의 집안이란 사도
구련 총련을 말하는 것이리라.

아마도 낙성검가에서는 은자 십만 냥을 준 사람이 사도구
련의 총련주라는 사실을 모르는 듯했다.

알았다면 돈을 받지 않았을 것이다. 정파라는 것은 곧 굶어
죽어도 썩은 고기는 먹지 않는다는 맹수 같기 때문이다.

물론 사파는 썩은 고기가 아니라 구더기가 들끓는 고기라
고 해도 냉큼 집어먹을 것이다.

'아버지가 대체 무엇 때문에 낙성검가에 은자 십만 냥을
준 것이지?'

이곳까지 오는 동안 이따금씩 어째서 낙성검가라는 곳에
가라는 것인가 하고 궁금하게 생각했으나 도통 알 길이 없었
다. 그런데 그 의문이 지금 한 커풀씩 벗겨지고 있었다.

"조건은 한 가지. 그것은 공자를 본 가의 아들로 받아들이는 것이라오."

"나를 이곳의 아들로?"

지금껏 태연했던 기개세지만 그 말에는 놀라지 않을 수가 없었다.

그에게는 엄연히 부모가 있거늘 어째서 낙성검가의 아들이 되어야 한단 말인가.

그 의문은 여인의 다음 말에서 풀렸다.

"대정숙은 오직 정파 명문가의 자손들만 입교(入校)할 수 있는 자격이 있다오."

'아⋯⋯.'

전혀 예상하지 못했던 놀라움과 깨달음 때문에 기개세는 하마터면 입 밖으로 탄성을 터뜨릴 뻔했다.

"우린 공자의 집안이나 신분, 배경에 대해서 아무것도 모른다오. 단지 우리가 아는 것은 공자를 본 가의 아들로 가르쳐서 대정숙에 입교시켜야 한다는 사실뿐이에요."

마침내 의문이 풀렸다.

대정숙이라는 곳은 정파의 명문가 자손들만 들어갈 수 있는 곳이다.

그런데 기개세의 조부와 부모는 그가 대정숙에 들어가기를 원하고 있었다.

하지만 사파, 그것도 사도구련 총련주의 아들로서는 백 번

죽었다가 깨어나도 대정숙에 들어갈 수가 없다.

그래서 몰락의 위기에 처한 낙성검가를 이용하여 기개세를 대정숙에 편법으로 입교시키자는 것이다.

거기까지 생각한 기개세는 어이가 없으면서도 부친에게 농락당했다는 생각이 들어 속이 뒤틀렸다.

"이런 영감탱이가……."

그의 난데없는 말에 여인과 황의청년은 가볍게 놀랐다.

기개세는 인상을 쓰며 손을 저었다.

"신경 쓸 거 없소. 당신들에게 한 소리가 아니라 우리 집 노친네에게 한 말이오."

그는 입맛을 다시다가 일어섰다.

"얘기 끝났으면 그만 가보겠소."

그는 다시 집으로 돌아가서 부친의 모가지를 비틀어 버릴 생각이었다.

그가 휘적휘적 방문으로 걸어가고 있을 때 등 뒤에서 여인의 조용한 목소리가 들려왔다.

"공자가 도착하기 전에 공자의 부친께서 이런 내용의 서찰을 전해왔다오."

들어보나마나 허튼수작이겠지, 라고 속으로 중얼거리며 기개세는 방문에 손을 댔다.

"공자가 말을 듣지 않을 경우에는 두 쪽을 뗀 후에 보내라고 말이오."

'엄마야?

기개세는 깜짝 놀라 뒤돌아보며 어정쩡한 얼굴로 물었
다.

"두… 쪽이 무언지 알기는 하오?"

여인은 예의 자상하면서도 미소 짓는 얼굴로 대답했다.

"불알."

순간 기개세의 얼굴이 보기 흉하게 일그러졌다.

"우라질 놈의 영감탱이!"

그러나 그의 장점 중에 하나는 믿을 수 없을 만큼 포기가
빠르다는 것이다.

그는 여인이 있는 탁자로 다시 걸어가며 황의청년에게 소
리쳤다.

"어서 술이나 갖고 오시오! 젖퉁이 근사하다는 그 계집도
데려오고!"

이미 밤이 깊었으나 온다는 젖퉁이 근사한 계집은 코빼기
도 보이지 않고, 방 안 바닥에는 기개세만 혼자 앉아서 술상
을 앞에 두고 술잔을 홀짝거리고 있는 중이었다.

그렇지만 기개세는 황의청년이 허언을 내뱉을 사람이라고
는 생각하지 않았다.

그래서 이제나저제나 기다리면서 벌써 두 병째의 술을 마
셔 버린 상태였다.

스르르…….

그때 방문이 소리없이 열리면서 한 사람이 추호의 기척도 없이 들어섰으나 기개세는 전혀 알아차리지 못했다.

그의 이목이 둔한 것이 아니라 들어서는 사람의 행동이 극히 민첩했기 때문이다.

기개세는 탁자가 따로 있는데도 굳이 방바닥에 퍼질러 앉아서 술을 마시고 있었다.

그의 지론에 의하면 의자는 가만히 앉아 있어야 하지만 방바닥에서는 갖가지 자세를 취할 수 있으며 누울 수도 있어서 편하기 때문이다.

들어선 사람은 방문을 닫은 후 그 자리에 서서 묵묵히 기개세의 뒷모습을 쏘아보았다.

싸늘하기 짝이 없는 눈빛이어서 만약 눈빛만으로도 사람을 죽일 수 있다면 아마 기개세는 갈가리 난도질을 당해서 죽었을 터이다.

"빌어먹을… 도대체 언제 오는… 어?"

술을 따르면서 투덜거리던 기개세는 갑자기 자신의 뒤쪽에서 옆으로 슥 지나치는 사람 때문에 가볍게 놀라서 그 바람에 술을 바닥에 흘렸다.

새로 나타난 사람은 기개세 맞은편에 우뚝 서서 묵묵히 그를 굽어보았다.

유등을 등지고 서 있었기 때문에 앞모습이 보이지 않았다.

다만 가냘픈 체구와 키로 미루어 여자일 것으로 짐작했다.

유정(劉貞)은 눈도 깜빡이지 않은 채 생전 처음 보는 낯선 사내를 쏘아보았다. 그런 그녀의 귓가에 오라버니가 신신당부하던 말이 맴돌았다.

"그의 말에 무조건 절대복종해야 한다.. 우리 가문의 사활이 달려 있음을 명심해라."

유정은 지금 자신의 가문에 은자 십만 냥이라는 거금이 얼마나 절실하게 필요한지 너무도 잘 알고 있었다.

"왔으면 여기에 앉아라."

그때 기개세가 자신의 옆을 턱으로 가리키며 반말을 했다.

'이자가?

십오 세에 이미 비연검(飛燕劍)이라는 별호를 얻었으며, 십육 세인 현재는 호북성 북부 지방에서 제법 명성을 얻고 있을 정도의 유정이다.

그러니 자신 또래의 낯선 사내, 아니, 소년의 건방진 반말을 듣고 발끈하는 것은 당연한 반응이었다.

그러나 그녀는 곧 마음을 가라앉혔다. 오라버니는 기개세에게 절대복종하라고 당부했으니 반말 정도는 참아야 한다고 생각했다.

"거기에 서 있으니까 몸매는 알겠는데 얼굴이 잘 보이지 않는다. 이리 와서 앉아라."

기개세는 술을 따라 마시면서 다시 말했다.

'몸매? 얼굴?

오라버니는 단지 이자에게 가보라는 것과 절대복종하라는 말만 했을 뿐 다른 말은 하지 않았다. 그런데 몸매와 얼굴이 뭐가 어쨌다는 것인가.

부친이 주화입마에 들어서 쓰러졌을 때 유정은 겨우 여섯 살이었다.

어린 나이에 가문이 몰락하여 그때부터 점점 더 궁색한 생활로 곤두박질치자 유정은 혼자서 성장하는 법을 배워야만 했었다.

그래서 말수가 극히 적어지고 냉정한 성격이 형성되었으며, 하루 종일 혼자서 연공실에 틀어박혀 매두몰신(埋頭沒身) 가문의 검법을 사력을 다해서 연마하는 것으로 지난 십여 년 세월을 보냈다.

끼니를 걱정해야 할 정도의 극심한 가난은 한 가족 네 명을 각기 다른 운명으로 비틀어놓았다.

부친의 병환은 점점 더 깊어졌고, 모친은 하루 종일 부친 곁에서 병간호를 하면서 슬픔에 잠겼으며, 아들은 어떻게든 가문을 일으키려 고군분투했고, 아무도 돌보지 않는 딸은 자신 외에는 아무도 믿지 않는 성격이 돼버렸다.

그런 그녀가 과연 기개세에게 절대복종하라는 오라버니의 당부를 얼마나 지킬 수 있을지 모를 일이었다.

유정은 묵묵히 기개세가 가리킨 그의 옆에 책상다리를 하고 앉았다. 일단 상황을 지켜보기로 했다.

“아…….”

냉큼 술 한 잔을 비운 기개세는 그녀 쪽으로 얼굴을 돌리고 입을 크게 벌렸다.

유정은 어리둥절한 얼굴로 그를 쳐다보았다. 입을 크게 벌리고 있는 기개세는 입이 얼굴의 절반을 차지한 모습이다.

‘입 크다.’

유정은 그것밖에 느끼지 못했다.

“안주 먹여줘.”

기개세가 말을 하고는 다시 입을 쩍 벌렸다.

‘이게 안주 먹여달라는 거였어?’

유정은 어이없는 표정을 짓더니 곧 눈살을 찌푸렸다.

“꺼어억……!”

그때 기개세가 냅다 트림을 했다. 술을 마셨고 입을 크게 벌렸으니 트림이 나오는 것이 이상한 일은 아니다.

불과 두어 뼘 거리에 얼굴을 마주하고 있던 유정의 얼굴로 입 냄새와 술 냄새가 뒤섞인 지독한 냄새가 확 끼쳐왔다.

“웃!”

슉!

순간 반사적으로 유정의 주먹이 쏜살같이 튀어나갔다. 혼
자 성장한, 그래서 안으로만 똘똘 뭉쳐진 자기 보호의 본능적
인 반응이었다.

그러나 주먹은 기개세의 크게 벌린 입 반 뼘 앞에서 뚝 멈
추었다.

유정은 눈을 감은 채 입을 벌리고 있는 기개세를 물끄러미
응시하다가 주먹을 거두었다.

이 정도 일로 가문의 흥망을 쥐고 있는 사람을 때릴 수는
없다고 생각한 것이다.

그렇게 생각을 하고 보니까 까짓것 안주를 먹여주지 못할
것도 없다는 생각이 들었다.

젓가락으로 고기 한 점을 집어 입에 넣어주자 기개세는 방
금 전에 자신의 입이 짓뭉개질 뻔한 줄도 모르고 맛있다면서
쩝쩝거리며 먹었다.

“음음… 맛있다. 하나 더 줘.”

그 모습이 하도 단순하고 익살스러워서 유정의 입가에 자
신도 모르게 엷은 미소가 떠올랐다.

마치 자신이 배 아파서 낳은 아이에게 먹을 것을 떠먹여주
는 듯한 느낌마저 들었다. 그녀는 이번에는 다른 요리를 집어
입에 넣어주었다.

“우왕! 맛있다……. 쩝쩝쩝…….”

오두방정을 떨며 입에서 음식찌꺼기를 마구 튀겨대는 기

개세의 꾸밈없는 모습이 이제 유정에게는 조금 전처럼 더러워 보이지 않았다.

그녀는 많은 사람을 접해보지 않았으나 기개세 같은 사람은 처음 보았다.

"이름이 뭐냐?"

"유정."

기개세가 술을 따르면서 묻자 유정은 짧게 대답했다.

"정아, 너도 한 잔 해라."

"술 못 마셔."

기개세는 그녀를 힐끗 보더니 고개를 끄덕였다.

"응. 아직 어리니까 술을 마시면 안 되겠구나."

어리다는 것으로 은근히 속을 긁었다.

"난 어리지 않아."

철모르고 세상 경험 없는 유정이 단번에 걸려들었다.

"어려."

"어리지 않다니까?"

기개세는 유정의 무릎에 올려놓은 두 손이 주먹을 꽉 움켜쥐고 있는 것을 힐끗 보고는 고삐를 늦추지 않았다.

"어리니까 술도 못 마시잖아."

그리고는 술 한 잔을 냅다 입 안에 털어 넣었다. 그 모습은 마치 '나는 어른이라서 술도 잘 마신다' 라고 은근히 뻐기는 것 같았다.

"그까짓 술 누가 못 마실까 봐? 한 잔 줘봐."

유정은 발끈해서 빈 잔을 내밀었다.

쪼르르…….

"쉽지 않은걸? 더구나 어린 계집아이는?"

기개세는 술을 따르면서도 유정의 속을 헤집어놓는 것을 잊지 않았다.

유정은 술잔을 입술에 대더니 독한 술 냄새 때문에 망설이는 표정을 지었다.

"그거 봐. 못 마시잖아. 무리하지 말고 내려놔, 뭐라고 안 그럴 테니까."

두 사람은 술을 마시니 못 마시니 하는 사이에 조금씩 친해지고 있었으나 그들 자신은 느끼지 못했다.

기개세의 격장지계(激將之計)는 보기 좋게 들어맞았다. 유정은 숨을 멈춘 채 단숨에 술을 입속으로 쏟아부었다.

"크으……."

그녀는 자신도 모르게 오만상을 쓰면서 술꾼들이 내는 소리를 내며 손등으로 입을 문질렀다.

"자."

기개세는 버섯요리 한 점을 집어서 유정의 코앞에 내밀었다.

버섯요리는 유정이 제일 좋아하는 것이다.

하지만 그것 때문이 아니라 기개세가 친절하게 안주를 내밀어준 것이 그녀를 조금쯤 야릇하게 만들었다.

안주를 입으로 받아 오물오물 씹으면서 그녀는 말끄러미 기개세를 바라보았다.

지금 이 순간만큼은 오라버니의 '절대복종'이니 기개세가 가문의 흥망을 쥐고 있는 사람이니 하는 따위는 하나도 생각나지 않았다.

'이 사람… 나쁜 사람 같지가 않아. 게다가 잘생겼고……'

지독하게 내성적이고 안으로 똘똘 뭉쳐진 사람일수록 자신이 인정하는 사람에겐 곧잘 허물어지는 경우가 있는데 유정이 그랬다.

기개세는 자신의 잔에 술을 따르면서 중얼거렸다.

"한 잔이면 됐어. 이제 그만 마셔라."

"알았어."

'뭐야? 작전 실패가?'

유정을 무시함으로써 더 마시게 하려던 기개세의 얼굴빛이 슬쩍 흐려졌다. 그녀가 이처럼 빨리 포기할 줄은 몰랐다.

"…라고 할 줄 알았지? 한 잔 더 줘."

유정은 재미있다는 듯 배시시 웃으며 빈 잔을 내밀었다.

두 사람이 마시는 술은 독주는 아니지만 난생처음 술을 마시는 유정의 속을 후끈 달아오르게 하고 얼굴을 발그레하게, 그리고 긴장이 풀리게 만들기에 충분했다.

'우헤헤… 잘 마신다.'

유정이 두 잔 세 잔 연거푸 마시자 기개세는 음험하게 눈을 빛내면서 힐끔거렸다.

그의 경험에 의하면 이런 상황에서는 머지않아서 여자의 젖퉁이를 실컷 만질 수 있을 터이다.

지난 십여 년 동안 극도로 궁핍한 생활 때문에 자꾸 안으로만 움츠러들어서 소라처럼 단단한 껍질로 자신을 방어하고 있던 유정이 기개세의 친근함과 몇 잔의 술로 인해서 처음으로 경계심을 누그러뜨리고 있었다.

"이름이 뭐야?"

"기개세."

다섯 잔째에는 유정의 혀가 꼬부라졌고 몸이 이리저리 흔들거렸다.

그녀도 계속 반말을 하고 있었지만 기개세는 개의치 않았다.

젖퉁이가 기다리고 있는데 그까짓 반말쯤이야.

"음……."

언제 정신을 잃었는지도 모를 정도로 유정은 취했었나 보다. 그녀는 나직한 신음을 흘리며 깨어났다.

"……!"

그러다가 깜짝 놀랐다. 누군가 자신의 몸을 만지고 있는 느낌을 받은 것이다.

그녀는 움직이지 않은 채 눈을 뜨고 눈동자를 사르륵 굴려서 자신이 현재 처한 상황을 재빨리 인식했다.

그녀가 옆으로 누워 있는 누군가의 가슴에 등을 밀착시킨 채 옆으로 누워 웅크리고 있으며, 그 사람이 상의 아래로 손을 집어넣어 젖가슴을 꼭 잡고 있다는 사실을 깨닫기까지는 그리 오랜 시간이 걸리지 않았다.

"쿨… 드르렁!"

그녀의 귓가에 코 고는 소리가 들렸다. 뒤에 누워 있는 사람의 입이 그녀의 귀에 거의 닿아 있으므로 코 고는 소리가 천둥소리처럼 컸다.

"이 파렴치한!"

지끈!

순간 유정은 뒷머리로 그 사람의 얼굴을 짓이겨 버렸다.

"왁!"

한참 맛있게 자고 있던 기개세는 두 손으로 얼굴을 감싸면서 비명을 터뜨렸다.

"이, 이놈!"

유정은 벌떡 일어나 우뚝 서서 새빨개진 얼굴로 기개세를 쏘아보았다.

너무 황당한 일을 겪었기 때문에 지금의 감정 상태가 어떤 것인지 알지 못했다. 그러므로 이럴 때에는 기개세를 어떻게 해야 할지도 몰랐다. 단지 거친 숨을 몰아쉬며 그를 무섭게 노려볼 뿐이었다.

“이년이!”

창!

그런데 방귀 뀐 놈이 성질을 낸다고, 기개세가 버럭 화를 내면서 어깨의 천신검을 뽑으며 튕기듯 일어나 곧장 유정을 향해 검을 휘둘러 왔다.

“너…….”

그사이에 유정은 헝클어졌던 감정을 한가지로 바로잡았다.

분노다.

그런데 도리어 기개세가 화를 내면서 공격을 해오자 분노가 머리꼭대기까지 솟구쳤다.

창!

“죽여 버리겠다!”

코에서 피를 흘리고 있는 기개세는 화가 나서 천신검을 뽑아 공격을 했으나 무슨 초식이 있는 것이 아니고 그저 막무가내로 휘두를 뿐이었다.

그러니 십육 세 나이에 비연검이라는 별호까지 얻은 유정을 당해낸다는 것은 애당초 말이 안 되는 얘기였다.

유정은 상체를 슬쩍 비틀어 기개세의 공격을 피하는 것과 동시에 수중의 검을 번개같이 찔러갔다.

쉐앵!

검첨이 거센 바람에 흔들리는 풀잎처럼 파르르 떨리는 것

은 낙성검가의 성명검법인 사신검법(四神劍法)을 펼쳤기 때문
이다.

　기개세는 자신의 공격이 어이없이 빗나가고 외려 유정의
검이 찔러오자 움찔 당황했다.

　더구나 그녀의 검첨이 파르르 떨리고 있어서 어디를 찌르
는 것인지 알 수가 없다.

　그는 여태껏 건달이나 하오문도들만 상대해 봤지 유정 같
은 제대로 된 무림세가의 사람을 상대하는 것은 구화산에서
손진의 벽검문 고수들을 상대한 이후 두 번째다.

　검첨이 기개세의 목 한 자쯤 앞에 이르렀을 때 유정은 퍼뜩
정신을 차렸다.

　절대복종.

　순간 그녀는 손목을 살짝 비틀어 검첨이 기개세의 얼굴 옆
으로 빗나가게 만들었다.

　그러나 이대로 끝낼 수는 없다. 자신의 가슴을 마음껏 주무
른 대가는 반드시 치르게 해줘야 한다고 생각했다.

　짜악!

　"악!"

　스쳐 지나간 검의 넓적한 옆면이 기개세의 오른쪽 뺨을 후
려갈겼다.

　그는 얼굴이 쪼개지는 아픔을 느끼며 왼쪽으로 붕 날아갔
다.

우당탕!

바닥을 데구루루 구르다가 멈춘 기개세에게 미끄러지듯이 다가온 유정이 아미를 상큼 치켜뜨며 물었다.

"어째서 내 가슴을 만진 것이냐?"

오른쪽 뺨에 새빨간 줄이 생긴 기개세는 비틀거리면서 일어나며 중얼거렸다.

"그냥 만지고 싶어서……."

사실 그는 여자들의 젖가슴을 몹시 좋아했다. 어쩌면 그것은 병적이라고 할 수 있을 정도다.

집에서 잘 때에도 모친의 젖가슴을 만져야 잠이 들었고, 쌍봉루에서는 설화쌍봉의 젖가슴을 만져야만 잠이 들었다.

뭐라고 꼬집어서 설명하긴 어려워도, 젖가슴의 부드럽고 몽실몽실하며 따스한 감촉이 너무나 좋았다.

그래서 그는 여자와 정사를 해본 적은 한 번도 없었지만 여자들의 젖가슴을 만진 적은 수없이 많았다.

여태까지 그에게 젖가슴을 만지게 해준 여자들은 하나같이 너그러웠다.

실컷 만지게 해줬으며 오히려 만져 주면 입에서 단내를 폴폴 풍기면서 새근새근 좋아했었다.

그런데 유정은 달랐다.

"너를 좋게 봤거늘 감히 내게 그런 짓을……."

유정은 서슬이 퍼래서 꾸짖다가 말끝을 흐렸다. 기개세가

천신검을 내팽개치더니 득달같이 덮쳐 오며 주먹을 휘둘렀기
때문이다.
　그가 배운 유일한 무공인 북두뇌격의 북두권이다.
　휘잉!
　삼십 년 내공이 실린 주먹이 허공을 가르는 소리가 마치 귀
신의 울부짖음처럼 들렸다.

『대사부』 제2권에 계속…

가면의 레온

눈매 퓨전 판타지 소설

the Mask of Leon

**중원을 공포로 떨게 만든 희대의 악마, 혈마존.
그의 영혼이 기억을 잃은 채 차원 이동을 한다.**

한 소년과 몸이 바뀐 후 깨어난 혈마존.
기억은 지워지고 싸가지없는 본성만 남았다!
욱할 때마다 튀어나오는 살벌한 말투와 그의 독자 무공.

'아, 나는 왜 이렇게 성격이 더러운가?
어째서 이리도 잔인한 기술을 알고 있는 것인가? 착하게 살고 싶다.'

살인광이었던 그가 전혀 어울리지 않는 대신관이 되기로 결심한다.
하지만 그 본성이 어디 가나…….

"이런 빌어 처먹을 놈들, 신전에서 봉사 활동 안 할래?"

유행이 아닌 자유추구 –

WWW.chungeoram.com
Book Publishing CHUNGEORAM

무적자
WITHOUT MERCY
임준욱 장편 소설
WITHOUT MERCY
청어람 창립 10주년에 걸맞는 장르문학 대표 특선작
왕의 귀환!! 장르소설계의 거장 임준욱, 그가 돌아왔다!

정봉준 新무협 판타지 소설

『철산전기』의 작가 정봉준!!!
팔선문을 통해 또 다른 유쾌함을 선사한다!!

뛰어난 자질을 갖춘 팔선문의 대제자 유검호,
그의 치명적인 단점은 게으름과 의지박약!

천하제일마두의 기행에 재수없이 동참하게 된 의지박약아.
갖은 고생 끝에 가까스로 고향으로 돌아오다.

"무림? 그딴 건 개나 주라 그래. 나만 안 건드리면 돼!"

시간을 가르는 그의 행보에 무림이 뒤집어진다!!!

War Mage

워메이지

김재한 퓨전 판타지 소설

사람들이 인식하는 상식의 세계 이면,
짙은 어둠이 드리워진 그곳에 사는 괴물들이 있다.

문명이 드리운 그림자 속에서, 전투기계들과
인간의 사념으로부터 태어난 마물들이 격돌한다.
마법과 주술이 난무하는 초현실적인 전장,
소년은 그곳에 서는 대가로 인생을 잃었다.
운명의 노예가 되어 가족과 인성을 잃어버린 소년, 진유현.

총염(銃炎)과 검광(劍光)이 뒤얽히는
어둠의 거리에서, 운명의 족쇄를 끊고 나온
소년의 눈이 살의를 발한다.

유행이 아닌 자유추구 -
WWW.chungeoram.com
Book Publishing CHUNGEORAM